Paul Scheerbart

Der Kaiser von Utopia

Ein Volksroman

Paul Scheerbart: Der Kaiser von Utopia. Ein Volksroman

Erstdruck: Groß-Lichterfelde-Berlin, Verlag von Eduard Eisselt, 1904

Neuausgabe mit einer Biographie des Autors
Herausgegeben von Karl-Maria Guth
Berlin 2020

Der Text dieser Ausgabe wurde behutsam an die neue deutsche
Rechtschreibung angepasst.

Umschlaggestaltung von Thomas Schultz-Overhage

Gesetzt aus der Minion Pro, 11 pt

Die Sammlung Hofenberg erscheint im
Verlag der Contumax GmbH & Co. KG, Berlin
Herstellung: BoD – Books on Demand, Norderstedt

ISBN 978-3-7437-3585-9

Bibliografische Information der Deutschen Nationalbibliothek

Die Deutsche Nationalbibliothek verzeichnet diese Publikation in der
Deutschen Nationalbibliografie; detaillierte bibliografische Daten sind
im Internet über www.dnb.de abrufbar.

Die neunundneunzig Kapitel mit ihren Überschriften und Nummern

1. Schilda

Die Sonne war untergegangen.

Und es regnete.

Und Herr Moritz Wiedewitt, der Oberbürgermeister von Schilda, saß vor seinem Schreibtisch und grübelte; die Lampe brannte trübe.

Frau Lotte Wiedewitt, die Gemahlin des Oberbürgermeisters von Schilda, saß auf dem Diwan – und ihre Augen funkelten.

Moritz hüstelte und sagte beklommen:

»Es ging heute mal wieder alles schief.«

Da rief die Lotte gellend:

»Das halte der Deiwel aus. Mein Wirtschaftsgeld langt nicht. Ein solches Hundeleben ertrage ich nicht länger. Das muss jetzt anders werden.«

»Schrei bloß nicht so!«, sagte der Oberbürgermeister sanft.

Aber da schrie die Frau Lotte erst recht, dass die Wände dröhnten.

Und ihr Gemahl ward ebenfalls wütend.

Und da schrien sie alle beide.

Die Schildbürger, die auf der Straße vorübergingen, krauten sich hinter den Ohren und kamen auch in schlechte Stimmung.

»Wer weiß, wie das noch enden wird!«, sagten sie mit Mienen voll echter Verzweiflung.

»Das haben wir nun davon«, rief die Lotte, »von der großen Emanzipation! Dazu haben wir uns also vom Volksgeiste emanzipiert! Hunger und Elend haben wir davon – und weiter gar nichts. Ein neues Inlett für die Betten muss auch angeschafft werden. Ich ertrag's so nicht länger. Ich schweige jetzt nicht mehr.«

»Du hast nie geschwiegen!«, rief der Oberbürgermeister, und ein Lächeln erhellte sein Angesicht.

»Warte nur, es wird sich schon machen lassen!«

Also fuhr er fort.

Aber die Lotte rannte zum Zimmer hinaus und schmiss die Türe hinter sich zu, dass alles krachte.

Die Lampe brannte wieder ganz trübe.

Und es regnete in Schilda.

2. Ulaleipu

Philander der Siebente, der Kaiser von Utopia, saß vor seinem großen Fenster und blickte hinaus.

Drüben wurden die Schneezacken der himmelhohen Berge feuerrot und bekamen goldene Ränder. Es wurde Morgen.

Und der Kaiser sah seine Schneezacken heftiger glühen, und seine Augen schmerzten, sodass sie bald die unteren Teile der Berge suchten, auf denen Ulaleipu, die Residenz des Kaiserreichs Utopia, erbaut war.

Ulaleipu war eine große Felsenstadt; sie umkränzte die Ufer des schwarzen Sees in Hufeisenform.

Der schwarze See in der Tiefe hatte auch Hufeisenform. Dort, wo das Hufeisen offen ist, reckte sich der Kaiserpalast aus den schwarzen Wassern heraus; der Palast war auf vielen steilen Felsenkegeln erbaut und zumeist so, dass die Felsen als solche nicht mehr zur Geltung kamen; die Architektur verdeckte die Felsen fast überall.

Und so wie sich der Kaiserpalast an die Felsen anschmiegte, so taten dies auch die andern Paläste der Residenz Ulaleipu, sodass von den unteren Teilen der Berge, die auch den schwarzen See in Hufeisenform umkränzten, nicht viel zu sehen blieb; fast überall ward das Gestein verdeckt von der Architektur. Und da es nun allmählich immer heller wurde, sah sich der Kaiser von seinem großen Fenster aus seine gewaltige Felsresidenz an und freute sich über ihre Hufeisenform; viele Kettenbrücken und andere Brücken verbanden die einzelnen Stadtteile, und alles war sehr reich und prächtig; Türme und Fahrstühle, weitüberkragende Erker und zurückgehende Terrassen, Tunnel und Spiralstraßen, Plätze mit vielen Hallen darunter – und tiefe Schluchten mit Säulengängen rechts und links – und wirklich hängende Gärten und ganz steile Parkanlagen mit Wasserfällen und Springbrunnen – so was gab's da alles in schwerer Menge, dass das Auge sich nicht satt sehen konnte an all der fabelhaften Pracht.

Unten im schwarzen See spiegelten sich die roten und goldenen Schneezacken der hohen Gebirge, und auch der dunkelblaue Himmel spiegelte sich im schwarzen See.

Und dann ging die Sonne hinter den Bergen auf, und es wurde ganz hell in Ulaleipu, wenn auch die Sonne vorläufig noch unsichtbar blieb.

Der Kaiser öffnete sein großes Fenster, langsam gingen die Spiegelscheiben runter, sodass die frische Morgenluft des Kaisers Stirne
kühlte.

Und die Residenzler ringsum auf den Bergabhängen öffneten auch
ihre Fenster.

Alle ließen die frische Morgenluft in ihr Haus hinein.

3. Das Frühlingsfest

Die Zylinderwagen und die Fahrstühle sausen bergauf und bergab,
durch die Tunnel und über die Kettenbrücken flitzen die langen Paket-
wagen, und dazwischen drehen sich die langen Züge der Spiralbahnen
hinunter und in die Höhe – ganz Ulaleipu ist in Bewegung – und alles
glitzert dabei – und die glitzernde Bewegung kann der Kaiser vom
großen Fenster aus sehen und sich darüber freuen; seine Residenz feiert
heute das große Frühlingsfest – der Tag ist so lang wie die Nacht – in
frühster Morgenstunde beginnt es – und am nächsten Tage in den
späteren Morgenstunden hört es erst auf.

In den Fremdenpalästen geht es am lebhaftesten zu – nur für gela-
dene Gäste aus den Provinzen hat heute die Residenz ein offenes Tor
– die andern Fremden müssen hinter den Bergen bleiben, denn die
Stadt Ulaleipu kann sich nicht so leicht nach oben und unten hin
ausdehnen – die Bautätigkeit ist beinahe zu Ende.

Auf den Terrassen und in den Gärten gibt's jetzt das berühmte
Frühlingsfrühstück und dazu ein Frühkonzert von fünfzig Kapellen,
die an fünfzig verschiedenen Stellen mit Benutzung der Echos teils
zusammen teils vereinzelt – aber immer einander ergänzend – das
Meisterwerk eines utopianischen Komponisten vortragen.

Aus allen Fenstern sind jetzt bunte Stickereien herausgehängt, und
aus den Türmen ragen unzählige lange Stangen heraus, die sich immerzu um sich selber drehen, was einen Glanzeffekt erster Güte erzeugt,
da die Stangen sämtlich von oben bis unten mit bunten, zum Teil
prismatisch geschliffenen Gläsern verziert sind.

Die Frühlingsmusik rauscht über den schwarzen See hinweg in das
große Fenster des Kaisers hinein – und dann klingt es bald da – und
bald dort – bald oben in den Bergen – und bald unten im See.

Und Ulaleipu frühstückt dabei – aber ganz vorsichtig isst man – klappert nicht mit Messer und Gabel – kein Kind darf ein lautes Wort sagen. Und auch die kleinen Jungen mit den Festschriften auf den Bahnstationen reichen vorsichtig das Papier hin, dass es nicht knistert. Wer noch gehen muss, geht auf den Zehen und langsam.

Der Kaiser sieht seine Stadt an – sieht, wie die Stangen auf den Türmen unaufhörlich glitzern und farbig funkeln – und wie die bunten Stickereien die ganze Stadt ganz bunt machen. Und das Frühkonzert der fünfzig Kapellen tönt harmonisch in das Frühlingsfest hinein, sodass der Kaiser doch lächeln muss.

Unten auf dem schwarzen See stehen auch die Ruderboote und die Motorboote ganz still, damit kein Misston hineinklinge in das Frühkonzert der fünfzig Kapellen.

4. Der Staatsrat

Beinahe den ganzen Tag – schier zwölf Stunden hindurch – war die Stadt Ulaleipu ein großes Theater gewesen. Sämtliche Residenzler hatten bei den großen Festspielen mitgespielt.

Im Mittelpunkte der Aufführungen stand »Der Zank der Berggeister und der Wasserdrachen«. In dieser Komödie hatten sich die kolossalsten Ungeheuer präsentiert – auf den Bergen einerseits und unten im schwarzen See andrerseits; die Größe der Riesenleiber und die kolossale Stimmkraft der Riesen hatten die allgemeinste Bewunderung erregt; selbst der Kaiser hatte zum Zeichen der Anerkennung gelächelt und, wie's Sitte ist, mit der Spitze des linken Zeigefingers die Nasenspitze berührt, und die Provinzler waren fast närrisch vor Begeisterung geworden. Aber es ließ sich auch nicht ein einziger Tadel aussprechen – so vortrefflich nahm sich alles aus. Und des Abends sprach man in den Gärten und auf den Terrassen immer wieder davon und erklärte immer wieder, dass die Theaterkunst doch wahrlich keine so üble Kunst sei – besonders dann nicht, wenn ein ganzes Volk mitspielt und mittätig ist.

Am Abend ruhten sich alle aus, sodass die Stadt so still erschien wie sonst – nur die glitzernden Turmstangen und die bunten Stickereien erinnerten daran, dass die Stadt Ulaleipu ihr Frühlingsfest feierte.

Und als nun die Nacht hereinbrach, blieb es zuerst überall so dunkel wie sonst; nur die kleinen Lampen brannten in den Häusern. Dann aber flammten hoch oben auf dem großen Seebalkon der Kaiserburg rote Pechfackeln zum Himmel empor; auf dem Seebalkon hatte sich der Staatsrat versammelt.

Der Staatsrat bestand aus hundert Herren, die mit dem Kaiser zusammen das Land Utopia regierten; diese hundert Herren bildeten jetzt einen Kreis und sprachen leise flüsternd über die nächsten Regierungsgeschäfte.

Dann aber ertönten feierliche Glocken, die das Nahen des Kaisers verkündeten. Fünfzig der Mitglieder des Staatsrates traten nach rechts und stellten sich in einer Reihe auf, und links taten die andern fünfzig dasselbe. Jedes Mitglied des Staatsrates hatte auf jeder Schulter eine zehn Meter hohe künstliche Feder, die sogenannte Schulterfeder, die in Form und Farbe der Galauniform entsprach; jede Uniform war anders und bezeichnend für die Tätigkeit jedes einzelnen Herrn.

Als nun der Kaiser kam, verbeugten sich die Herren – und zwar so, dass sich die Spitzen der hundert Schulterfedern von rechts mit denen von links oben berührten. Und unter diesem Federdach schritt der Kaiser langsam gradaus dem See zu; der Kaiser trug einen langen weißen Bart, einen einfachen roten Purpursamtmantel mit goldenem Gürtel und eine einfache goldene Zackenkrone auf den langen weißen Haupthaaren.

Der Kaiser ging zum Rande des Seebalkons und setzte sich dort auf seinen Thron; die zweihundert Schulterfedern gingen langsam wieder in die Höhe und standen nun wieder steil und still da.

5. Die bunte Nacht

Die Pechflammen auf dem Seebalkon verlöschten allmählich.

Und auch die Lampen in den Häusern der Stadt wurden ausgemacht, sodass es dunkle Nacht wurde in ganz Ulaleipu.

Nur die Sterne leuchteten oben am Himmel – und die Mondsichel oben in der Mitte des Himmels.

Ganz still war die Nacht.

Dann aber kam eine Lichtgestalt oben aus den Bergen heraus und schwebte langsam hernieder und wurde immer größer, während sie herniederschwebte; aus riesigen innerlich erleuchteten schlauchartigen Ballons war die Lichtgestalt gebildet – und bunt war sie – sehr bunt.

Und brennende Augen hatte die Lichtgestalt und wunderliche wulstige Gliedmaßen, die aber immer wieder anders leuchteten, da die elektrischen Lichter im Innern der Ballons in ständiger Bewegung waren; von den Stricken, an denen die Lichtgestalt heruntergezogen wurde, sah man nichts, da ja die Nacht ringsum ganz dunkel war.

Und die Lichtgestalt lagerte sich über der Stadt an den Bergabhängen, und eine feierliche geisterhafte Musik begrüßte sie.

Danach ward wieder alles ganz still, und der ersten Lichtgestalt folgte nun eine zweite – und der eine dritte – und jede war immer abenteuerlicher als die andere.

Und es kamen immer mehr Lichtgestalten aus den Bergen herunter, sodass bald der ganze Talkessel, in dem die Stadt Ulaleipu lag, von lagernden und schwebenden Lichtgestalten erfüllt war.

Ein geisterhaftes Schauspiel!

Und ein Farben- und Lichtschauspiel, dessen unheimliche Großartigkeit gradezu erdrückend wirkte, sodass die Musik der fünfzig Kapellen, die nur immer für ein paar Augenblicke zu hören war, doch zuweilen wie ein Erlösendes hineinklang.

Wie ein überirdischer Alb schwebten und lagerten die ungeheuren Lichttiere über der Stadt.

Als nun aber alle Ungeheuer unten waren, da wurde plötzlich der schwarze See zu einem großen Lichtkaleidoskop – und das funkelte und glühte und floss und flutete und bildete Spiralen und Ecken und Kanten und Diamantenspäße und Quallenwunder, dass das Auge ganz geblendet wurde.

Danach sangen alle Residenzler zusammen das Frühlingslied des Dichters Itambara.

Und dann wurde eine Lichtgestalt nach der andern dunkel – und der schwarze See wurde auch dunkel.

Und dann wurden oben wieder die Berge rot – und sie bekamen wieder ihre goldenen Ränder.

Der Morgen kam.

Und der Kaiser stieg von seinem Thron herab und ging wieder durch das Dach der Schulterfedern in seine Burg hinein – so wie er gekommen war.

6. Der Morgenwitz

Als nun Philander der Siebente, Kaiser von Utopia, wieder in seiner Kaiserburg war, da ging er mit raschen Schritten in seinen großen Bibliothekssaal, und der Staatsrat folgte dem Kaiser – ebenfalls mit raschen Schritten, dass die Schulterfedern wackelten.

Im Bibliothekssaal brannten nur ein Dutzend elektrische Lampen in rotem Rubinglase, und die fünfzehn Meter hohen Spiegelscheiben der Fenster sahen ganz blau aus.

Durch die hohen Flügeltüren kamen nun die Mitglieder des Staatsrates feierlich mit ihren zehn Meter hohen Schulterfedern herein; es wurde Kaffee getrunken und ein stärkender Kognak dazu. Dabei gab der Kaiser den Dienern ein Zeichen, und die Diener verschwanden.

Nun war der Kaiser mit seinem Staatsrat in seinem Bibliothekszimmer allein. Es war nun die Pflicht des Kaisers, dem Zeremoniell entsprechend einen Witz zu machen.

Philander der Siebente stellte sich vor einen großen Spiegel, nahm seine weißen Augenbrauen ab und auch den weißen Bart und die Krone und das weiße Haupthaar – und drehte sich um und zeigte seinem Staatsrat sein glatt rasiertes Gesicht mit den kalten blauen, etwas müden Augen und dem rötlichen kurz geschnittenen Haupthaar. Die Mitglieder des Staatsrates lächelten und verbeugten sich; diese Entkleidungsszene entsprach dem Zeremoniell. Auch der rote Purpurmantel fiel, und der Kaiser stand nun in einfachster schwarzer Kleidung da und sagte leise:

»Meine Herren! Sie wollen den Morgenwitz hören. Sie sollen ihn hören. Ich erkläre Ihnen hierdurch, dass ich's müde bin, Kaiser von Utopia zu sein; ich werde ein Jahr pausieren und mich vertreten lassen. Denken Sie über eine geeignete Persönlichkeit, der man meine Kaiserrolle übertragen kann, ordentlich nach. Ich lege mich zu Bett. Schlafen Sie wohl! Guten Morgen!«

Der Staatsrat zitterte vor Erregung, und der Zeremonienmeister sprach mit heftig wackelnden Schulterfedern:

»Grandiosität, ist dieser Scherz ernst gemeint?«

Der Kaiser Philander sagte dazu lächelnd:

»Der Kaiser von Utopia pflegt stets im Ernste zu scherzen. Denken Sie über meinen Stellvertreter nach – aber ordentlich!«

Und der Kaiser verließ seinen Bibliothekssaal, begab sich in seine Schlafgemächer, ließ sich rasch auskleiden und war nach fünf Minuten fest eingeschlafen.

Der Staatsrat aber befand sich in fieberhafter Aufregung; der Morgenwitz des Kaisers hatte den Staatsrat ganz aus der Fassung gebracht.

Der Kaiser träumte währenddem von ganz feinen Geistern, die sehr groß waren – aber dabei so dünn – wie Spinngewebefäden.

7. Schilda

Der geheime Regierungssekretär Käseberg hatte an dem Morgen, der dem Frühlingsfeste folgte, sehr zaghaft sein Bett verlassen und sah nun, während er seinen Morgenkaffee schlürfte, sehr zaghaft hinaus auf die Hauptstraße von Schilda; der geheime Regierungssekretär fürchtete, und nicht mit Unrecht, dass man ihm bald die Fenster einwerfen würde mit schweren, kantigen Steinen; die Tätigkeit der Herren, die in dem dreieckigen Rathause zu Schilda fest angestellt waren, hatte der Stadt Schilda noch keinen Vorteil gebracht, und die Geschäfte standen still.

Die alte Stadt Schilda war vor vielen Jahrhunderten zugrunde gegangen, aber die neue Stadt Schilda war vor ein paar Jahren von Originalen erbaut worden – von Originalen, die sich vom Volksgeist emanzipiert hatten. Anfänglich brachte diesen Originalen der Humor manchen Vorteil, dann aber zog der Humor nicht mehr, da es den Utopianern viel zu gut ging, sodass das neue Schilda bald in Vergessenheit geriet. Nun waren die neuen Schildbürger nicht sehr fleißig, sie waren sehr querköpfig und unpraktisch, und da sie zudem vom Kaiserreich Utopia wirtschaftlich losgelöst waren – so ging in Schilda bald alles bergab, und die Lotte Wiedewitt hatte ganz recht, als sie sagte:

»Die ganze Emanzipation vom Volksgeiste hat uns bloß Jammer und Elend gebracht – und weiter gar nichts – gar nichts – gar nichts.«

Herr Käseberg dachte, als er bei seiner Morgenzigarre den Schildaer General-Anzeiger durchblätterte, grade wieder über die Bedeutung des Volksgeistes nach – da ward er durch Eilboten zum Oberbürgermeister Wiedewitt gerufen.

Herr Moritz Wiedewitt saß im Rathause mit Herrn von Moellerkuchen zusammen; Käseberg und von Moellerkuchen, die beide geheime Regierungskräfte waren, bildeten die rechte Hand des Oberbürgermeisters. Und dieser setzte nun seinen Geheimen eifrigst auseinander, wie es komme, dass in der Residenz alle Leute dick und fett seien: Uniformen hätten sie alle – und darum müsste ein »Allgemeiner Uniformverein für Schilda und Umgegend« gegründet werden. Außerdem hätten die Ulaleipuaner sämtlich hochtrabende Titel, wie Tambourmajor, Feldmarschall, Rechnungsrat, Kriegsminister, Professor, Kanzleivorsteher usw., demnach müsste auch ein »Allgemeiner Titularverein für Schilda und Umgegend« gegründet werden.

Und beides geschah, und abends war der General-Anzeiger ganz voll von diesen beiden Gründungen.

Im Kaiserreich Utopia hatten sich die Titulaturen im Laufe der Jahrhunderte sehr verändert; da es Kriege und Heeresorganisation eigentlich nicht mehr gab, so waren die militärischen Titulaturen auf andere friedliche Beschäftigungszweige übergegangen – so wurden die Agrikulturchemiker Feldmarschälle, die Rechtsanwälte Tambourmajors, die Standesbeamten Kriegsminister usw. usw. tituliert. Jedenfalls sollte der Titel immer nur die Tätigkeit charakterisieren – und da war oft aus Scherz Ernst geworden. Und nun wollten die Schildbürger wieder aus dem Ernste einen Scherz machen; allerdings taten sie alles mit saurer Miene, dass sie schließlich selber nicht recht wussten, wo ihr Ernst aufhörte und ihr Scherz anfing.

Der Schildaer General-Anzeiger aber – der hatte jetzt Stoff in Hülle und Fülle.

Und auch Philander der Siebente, der Kaiser von Utopia, las von den neuen Gründungen – und er las lange daran – und er lächelte schließlich sehr lange und berührte zum Zeichen des Beifalls mit der Spitze des linken Zeigefingers seine Nasenspitze – sehr lange ließ er die beiden Spitzen zusammen.

8. Der Volksgeist

An dem ersten Sonntag Vormittag nach dem Frühlingsfeste saß Philander in seinem großen Bibliothekssaale wie ein einfacher Privatmann ohne Greisenhaar vor seinem zehn Meter breiten Schreibtisch und las in der neusten Ausgabe des utopianischen Konversationslexikons unter »Volksgeist« u. A. das Folgende:

»Als es vor vier Jahrhunderten unter Kaiser Kasimir dem Ersten modern wurde, den Volksgeist immer höher einzuschätzen und ihm schließlich eine göttliche Verehrung entgegenzubringen, da dachte natürlich niemand daran, die einfachen tierischen Instinkte eines unentwickelten Volkes als göttliche Angelegenheit zu bezeichnen und einzuschätzen. Überall – in den ersten wie in den späteren Grundlagen unserer utopianischen Religion, die dem Volksgeiste göttliche Verehrung entgegenbringt, wird der Volksgeist immer als ein ›Geist‹ aufgefasst, der nicht bloß in dem Volke, sondern auch über dem Volke lebt – gleichsam eine ätherische Bildung, die alles durchdringt und allem die Richtschnur gibt, ohne die Einzelerscheinungen in ihrem Individualisierungsbestreben wesentlich zu behindern. Der von den Utopianern göttlich verehrte Volksgeist ist im Grunde genommen ebenso gut ein unbekannter allmächtiger Gott – wie die gesamten Götter der Vorzeit. Wir haben überall Volk und Volksgeist als zwei wesentlich voneinander unterschiedene Begriffe aufzufassen und zu behandeln.«

Philander hielt mit dem Lesen inne, schüttelte den Kopf und telefonierte nach seinem Zeremonienmeister Kawatko.

Kawatko kam sofort, der Kaiser bot ihm eine Zigarre an und rauchte selber auch und zeigte dem Kawatko einen Brief, den er an den Oberbürgermeister von Schilda geschrieben hatte.

Kawatko las und lachte und sagte:

»Ja – willst du denn den Schildbürgern wirklich so heftig auf den Kopf hauen – bloß dafür, dass sie einen Titularverein und einen Uniformverein gegründet haben?«

»Ich«, erwiderte Philander, »habe etwas mehr mit den Schildbürgern vor. Ich las hier im Konversationslexikon so viel vom Volksgeiste – und halte es doch für sehr bemerkenswert, dass sich die Schildbürger so kühn vom Volksgeiste emanzipierten, obgleich sie dadurch doch bloß Kummer und Elend geerntet haben.«

Kawatko rauchte in langen Zügen und bemerkte dann leise:

»Willst du vielleicht auch ein Schildbürger werden?«

»Ich werde«, versetzte Philander, »ein Jahr nicht Kaiser sein – und da könnte sich manches ereignen.«

Da sprang der Zeremonienmeister auf und drehte sich sechs Mal um sich selbst und schrie:

»Himmel! Wetter! Donner und Hagel! Ich sehe dich schon – dich, den Kaiser von Utopia, den die hundert besten Utopianer zu ihrem Kaiser machten – dich, der du auch zu den hundert besten Utopianern zähltest – als Oberbürgermeister von Schilda – von Schilda – die Sache kann lieblich werden – lieblich – lieblich.«

Philander stand auf und ging wortlos in seine Privatgemächer; Kawatko starrte ihm wortlos nach und fasste sich langsam an seinen alten Kopf.

9. Die Priester

»Er hat was gegen uns!«, sagte der Oberpriester Schamawi.

»Er hat was gegen uns!«, sagten bald alle Priester in Ulaleipu – aber sie sagten's leise und untereinander, wenn kein Laie dabei war.

Und der »Er« war Philander der Siebente, Kaiser von Utopia; der Zeremonienmeister Kawatko hatte von der Audienz mit dem offenen Konversationslexikon so bestimmte Andeutungen gemacht, dass die gesamte Priesterschaft in große Erregung geriet, und Schamawi wurde aufgefordert, mit Klugheit und mit List im Interesse der Priesterschaft vorzugehen.

Schamawi war ein alter Onkel des Kaisers und auch ein alter Oberpriester, der die Gemüter – auch die erregten – zu lenken verstand.

Nicht ohne Ironie sagte er da lächelnd:

»Meine Herren, wir sind lange Zeit zu sorglos gewesen. Es hat sich in der Tat im Laufe der Zeit die Meinung gebildet, dass das Volk dem großen Volksgeiste immer näher gekommen sei und dass diese Annäherung schließlich eine Verschmelzung hervorrufen dürfte. Schließlich klingt es nicht mehr so unsinnig, wenn jemand behaupten möchte, wir beten das Volk an und nicht den Volksgeist. Und das ist es, was mein Neffe uns Priestern in die Schuhe schieben will. Wir haben sehr vorsichtig zu sein. Und wir müssen einsehen, dass wir viel versäumt haben – die Rechtspflege durfte nicht ein so populäres Gepräge bekommen – das hätten wir rechtzeitig verhüten müssen.«

Und dann sprach man über die Rechtspflege im Allgemeinen und Besonderen.

Die Rechtspflege lag nun folgendermaßen im Kaiserreich Utopia: Jeder Prozess wurde nicht mehr endgültig durch die Richter bestimmt – es gab immer noch eine Berufung an das Volk. Auf Staatskosten wurde jeder Prozess, sobald es von einem Kläger oder Beklagten verlangt wurde, in einer Broschüre eingehend geschildert – diese Broschüre wurde dann gratis verteilt – und dann konnte nach einer neuen Prozessordnung schließlich das Volk in der Sache das entgültige Urteil sprechen. In der großen Rechtszentrale am Schwantufluss standen sieben kolossale hundert Stock hohe Türme, in denen die juristischen Broschüren verfasst wurden – und da konnte man leicht erkennen, wie heftig das Volk im Lande Utopia mitsprechen durfte – in allen Angelegenheiten. Und die Priester in Ulaleipu, die den großen Geist anbeteten, der in unserem Leben die entscheidende Führung hat, begannen traurig zu werden, dass sie diesen großen Geist grade »Volksgeist« nennen mussten; das gab immer wieder zu Missverständnissen Veranlassung.

Und der Kaiser von Utopia sagte zu Kawatko am Sonntagnachmittag:

»Ich bemerke, dass gerade die Priester versäumt haben, Volk und Volksgeist deutlich voneinander zu trennen – es wird ihnen heute gar nicht mehr gelingen, diese beiden Begriffe voneinander loszulösen. Und daher bin ich geneigt, mich vom Volke zu befreien, und ich gestehe, dass ich mich auch vom Volksgeiste befreien möchte – und das ganz besonders dürfte den Priestern sehr unangenehm sein.«

Und das war auch den Priestern sehr unangenehm.

10. Die Warnung

Am Sonntagabend fand der große Gottesdienst statt, der das Frühlingsfest alljährlich abschloss.

Der Kaiser Philander der Siebente stand hoch oben im großen Dom auf dem Säulenerker und segnete das Volk, und zur Linken des Kaisers stand der Oberpriester Schamawi und reichte die symbolischen Geräte.

Und die Orgeln und die anderen Instrumente, die großen Chöre und Lichtarrangements gehorchten den kaiserlichen Zeichen.

Schamawi stand etwas tiefer als der Kaiser, aber so, dass dieser jedes Wort des Oberpriesters verstehen musste, ohne dass andere Ohren als die des Kaisers etwas vernahmen.

Und Schamawi, Philanders Oheim, sprach nun Dinge, die mit dem großen Gottesdienste gar nicht zusammenhingen:

»Es ist Unrecht«, sagte er mit gedämpfter Stimme, »dass meines Bruders Sohn sich trennen will von seinem Volke.«

»Es ist ja nur für ein Jahr«, flüsterte der Kaiser, während auf seinen Wink mit dem Zackenstabe zehntausend elektrische Flammen in allen möglichen grünen Farben erstrahlten.

Aber Schamawi fuhr fort:

»Ich weiß, dass meines Bruders Sohn mehr will, ihm passt das Volk nicht, und er will sich befreien von diesem Volke, weil er sich für größer und bedeutender als dieses Volk hält. Und Philander vergisst, wie furchtbar es ist, einsam dazustehen. Weißt du denn, wie es ist, wenn alle dich nicht mehr sehen – wenn sie an dir vorübergehen, als wärst du nicht da – wenn sie nicht hören, sobald du sprichst – wenn sie dich immerfort missverstehen, als sprächest du die Sprache eines wilden Tiers?«

Der Kaiser hob beide Hände empor, und brausend tönten die großen Sängerchöre.

»Mir ist«, sagte Philander der Siebente, »als wäre das heute schon alles so – wie du sagst.«

Schamawi fuhr fort.

»So ist es also wahr: Du willst dich trennen von uns und allein gehen – ganz allein. Philander, du weißt nicht, was du tust. Du gehst schweren Zeiten entgegen. Und es ist wahr, dass du dich auch gegen unsre Gottheit, gegen den Volksgeist – gegen den Geist des Volkes – gegen den Geist der Menschheit, der nicht von Fleisch und Blut ist – auch auflehnen willst – dass du dich auch von ihm, der uns alle leitet, trennen willst?«

»Warum«, versetzte der Kaiser, »willst du das von mir jetzt wissen? Ich werde dir's sagen können übers Jahr – so hoffe ich.« Die Orgeln dröhnten, und die elektrischen Lampen wurden alle rot, und Schamawi sagte scharf:

»Meines Bruders Sohn ist klug und weiß, seine Worte fein zu wägen, aber ich sehe, dass er sich auch gegen den Geist, der uns führt, auflehnt – und das wird dein Verderben sein. Überlege dir nochmals, was du vorhast. Was du auch gegen das Volk sagen magst, bedenke, dass der Große, der Unsichtbare, der unser Volk führt – nicht dasselbe ist wie das Volk. Philander, er ist für uns der Allmächtige – und du sollst bleiben bei ihm – schwöre mir – bei dem Andenken an deinen Vater! – dass du mich noch einmal zu dir rufen willst – bevor du dich trennst von ihm, der unser aller Geist ist – der Geist unsres Volkes.«

Leise sagte der Kaiser:

»Ich schwöre dir's!«

Und alle Musikinstrumente und alle Orgeln und alle Chöre donnerten in den Dom hinein, dass die Wände bebten.

Schamawi seufzte tief auf, doch des Kaisers Augen strahlten.

11. Die Einladung

In Schilda hatte der Oberbürgermeister Wiedewitt das sehr grob gehaltene Schreiben des Kaisers von Utopia erhalten – und die geheimen Regierungssekretäre und die Ratsherren waren entsetzt – einige von den letzteren waren gleich bereit, die neuen Gründungen wieder abzuschaffen. Aber da kamen sie bei Käseberg und von Moellerkuchen schön an – die legten sich mächtig für den Uniform- und Titularverein ins Zeug. Und Moritz Wiedewitt hatte den gloriosen Einfall, den Kaiser einfach einzuladen, nach Schilda zu kommen.

Und diese Einladung lag nun auf dem Schreibtisch des Kaisers, und der Kaiser saß vor der Einladung und lachte laut auf, als er das zierliche Schreiben las.

»Die Einladung kommt mir sehr gelegen!«, rief er schmunzelnd, ließ sich sofort Bart, Perücke, Kaisermantel und Kaiserkrone bringen und befahl, den Staatsrat zusammenzutrommeln.

Es war Dienstag, und der Staatsrat kam – natürlich ohne Schulterfedern – zusammen.

Der Kaiser begrüßte die Herren leutselig mit der Zigarre im Munde, ließ Wein, Bier und ein kleines Frühstück auftragen und zeigte die Einladung und erklärte den Herren, dass er nach Schilda fahren möchte und ein Jahr Oberbürgermeister von Schilda sein möchte.

Die Mitglieder des Staatsrates machten so große Augen, dass andre Leute Angst gekriegt hätten. Das Augenverdrehen genierte jedoch den Kaiser keineswegs; er erklärte vielmehr eifrig, dass ihm, da der Staatsrat noch immer keinen Stellvertreter gefunden hätte, sehr angenehm sein würde, wenn der Staatsrat den Oberbürgermeister von Schilda als Stellvertreter akzeptieren möchte.

»Grandiosität«, rief der Zeremonienmeister Kawatko, »der Moritz Wiedewitt soll Kaiser von Utopia werden?«

»Allerdings«, versetzte der Kaiser, »Kawatko sah mich ja schon als Oberbürgermeister von Schilda – warum sah Kawatko nicht gleich weiter? Merkwürdig! Kurzsichtigkeit! Propheten dürfen doch nicht kurzsichtig sein.«

Auf den Stiefelabsätzen drehten sich die Mitglieder des Staatsrates herum und tranken einen Kognac nach dem andern.

»Das geht einfach nicht!«, sagten sie schließlich im Chor.

»So – so!«, rief da der Kaiser. »Die Herren vergessen ganz und gar, dass ich auch in der Lage bin, an das Volk zu appellieren. Die Schildbürger sind vom Volke abgefallen, und der Kaiser von Utopia will sich dazu hergeben, die Schildbürger in den allein seligmachenden Schoß des Volkes zurückzuführen – und da will mich mein Staatsrat verhindern, dieses gute Werk glanzvoll und mit Humor zu vollbringen? Das fehlte auch noch. Das Volk ist ganz bestimmt auf meiner Seite. Wenn Sie nicht wollen, wie ich will – so wird das Volk wollen, wie ich will – die sieben Gerichtstürme am Schwantufluss sind auch für Philander den Siebenten da.«

»Grandiosität geruhen«, sagte Kawatko scharf, »eine andere Tonart als neulich anzuschlagen – neulich wollten sich Grandiosität vom Volke trennen – und heute sollen wir daran glauben, dass Grandiosität dem Volke einen Dienst erweisen will.«

»Aber Kawatko«, rief da der Kaiser lustig, »tu doch nicht so, als wenn du nicht mit Schamawi gesprochen hättest – der hat mich doch am letzten Sonntag Abend bekehrt.«

Da murmelten die Mitglieder des Staatsrates und wurden sehr ernst – der Kaiser aber lachte lustig und plauderte von Schilda, als wäre er schon da.

12. Der Entschluss

Als nun die hundert Mitglieder wieder unter sich waren und kein Lauscher ihren Ausführungen folgen konnte, da saßen sie alle mit geradezu verzweifelten Mienen zusammen, und alle stöhnten laut, nur der Herr Malke, der Historiker, lächelte und sprach:

»Das kommt davon! Als vor vielen Jahrhunderten die Tageszeitungen sich zu den vortrefflichsten Dienern der Volksmeinung ausbildeten – da wurde die Volksmacht geboren – und sie ist heute wahrlich noch nicht tot.«

»Willst du«, fragte Kawatko, »uns jetzt einen historischen Vortrag halten? Der Zeitpunkt ist außerordentlich günstig.«

»Lass ihn doch reden!«, sagten ein paar andre Mitglieder, und Malke, der Historiker, fuhr unbeirrt fort:

»Die Volksmacht hat sich im Laufe der Zeit an allen Ecken und Kanten hübsch abgeschliffen – vornehmlich durch die großen Streiks. Als die Handarbeiter sich für unentbehrlich hielten, streikten sie und kamen ans Ruder – aber nicht für lange. Es folgte der große Streik der Ärzte – und dann streikten die Ingenieure – und dann streikten nach und nach alle alle – selbst die Dichter haben mal gestreikt. Und itzo streikt sogar ein Kaiser – jetzt fehlt bloß noch, dass der Staatsrat des Kaisers streikt.«

»Dabei kommt aber«, bemerkte Kawatko, »nicht viel raus – da ja die Ersatzleute hinter uns stehen. Nein – mit dem Streiken geht es nicht – es ist auch nicht richtig, wenn wir sagen, der Kaiser streike. Das würden wir ihm schon hingehen lassen – er könnte ja hingehen, wohin er will – wir würden schon einen andern Kaiser bekommen – Malke würde sicherlich ...«

Malke erhob sich ärgerlich und sagte ernst:

»Willst du jetzt Witze machen? Der Zeitpunkt ist außerordentlich günstig.«

»Nicht zanken!«, tönte es da von allen Seiten.

Und zehn Minuten später war man übereingekommen, dem Kaiser ein Jahr Urlaub zu geben – zwecks Wiederherstellung eines guten Verhältnisses zwischen Ulaleipu und Schilda.

Als dem Kaiser der Entschluss mitgeteilt wurde, tat er sehr ernst und sprach seinen Dank in den höflichsten Worten aus, sodass Kawatko nicht wusste, was er davon zu halten hätte.

13. Der Abschied

»Jetzt schnell fort – nach Schilda!«, sagte der Kaiser und ließ seine Sachen packen und den Hofzug vorfahren.

Nun war aber des Morgens ein Lufttechniker namens Sebastian gemeldet worden – den wollte der Kaiser noch vor seiner Abreise sprechen.

Herr Sebastian kam, und der Kaiser sah, dass der Lufttechniker ihm außerordentlich ähnlich sah, und das brachte ihn auf eine Idee, die er aber noch nicht aussprach, er erkundigte sich vielmehr ganz harmlos nach den gesellschaftlichen Beziehungen des Herrn Sebastian, und dieser Herr erklärte, dass er bislang nur seinen Arbeiten gelebt und jeden gesellschaftlichen Umgang peinlich gemieden habe.

Das gefiel nun dem Kaiser außerordentlich, und er bat den Flugtechniker, mit seiner Luftmaschine nach Schilda zu fahren und dort im goldenen Löwen abzusteigen.

Herr Sebastian erklärte sich selbstverständlich gerne bereit, nach Schilda zu fahren, wollte sich verabschieden, aber der Kaiser hielt ihn noch zurück und sagte:

»Lieber Herr Sebastian, könnten Sie aber vielleicht ganz unauffällig nach Schilda kommen? Könnten Sie nicht Ihr Fahrzeug drei Meilen vor Schilda verlassen und mit einem einfachen Bahnzuge nach Schilda kommen und dort unauffällig auf weitere Nachrichten von mir warten?«

Herr Sebastian erklärte sich auch dazu gerne bereit und wurde verabschiedet, und der Kaiser empfing noch einmal seinen Staatsrat und sagte zu ihm leise:

»Meine Herren, ich danke Ihnen und bitte Sie, vorläufig Stillschweigen über meine Reise und meine Absichten zu beobachten; ich werde schon alles so hübsch einfädeln, dass Sie zufrieden sein sollen.«

Die Herren vom Staatsrat machten ein sauersüßes Gesicht, aus dem man alles herauslesen konnte – nur nicht eine bestimmte Meinung; die Herren wussten eben selber noch nicht, was sie zu diesem ganzen Abenteuer sagen sollten.

Der Kaiser drückte allen Herren zum Abschiede die Hand und ging dann zu seiner Gemahlin, die ihn mit feuchten Augen empfing.

»Du willst fort?«, sagte sie zitternd.

»Ja«, sagte er, »ich muss.«

Sie erwiderte leise:

»Meine Gedanken werden bei dir sein.«

Und sie küsste seine rechte Hand, und der Kaiser küsste die Stirn seiner Gemahlin und sagte still:

»Bleibe fest! Es zieht mich zu neuen Pfaden. Ich will das Leben erkennen – so wie es ist. Ich will – vergiss das nicht! – eigentlich hinter das Leben kommen. Jeder Baum und jeder Fels soll mir was Großes sagen – darum will ich fort. Du wirst von mir hören.«

Und Philander küsste seiner Frau die beiden Hände und ging dann rasch hinaus und fuhr mit seinem Hofzuge nach Schilda – durch viele Tunnel – über Berge und Schluchten – über breite Flüsse und über weite Felder – durch die Frühlingslandschaft.

14. Schilda

Die Schildbürger waren Leute, denen man die Lustigkeit nicht ansah, da sie fast immer betrübte Mienen zeigten, andrerseits konnte man sie nicht Vertreter der Traurigkeit nennen, da sie fast immer lustige Einfälle hatten; kein Utopianer wusste, wie er sich eigentlich zu den Bewohnern des neuen Schilda stellen sollte – lauter merkwürdige Käuze, die früher zu den klugen Leuten zählten, saßen da in Schilda zusammen und benahmen sich nicht so wie die andern Utopianer.

In dreieckigen Häusern wohnte man in Schilda, und das dreieckige Rathaus war das größte Haus der Stadt. Die schärfste Kante des Hauses ging immer zur Straßenseite hinaus, sodass man von Frontarchitektur in Schilda nicht sprechen konnte.

Als es bekannt wurde, dass der Kaiser Philander die Einladung des Oberbürgermeisters Wiedewitt angenommen habe – da verbreitete sich eine seltsame Stimmung über die ganze Stadt – alle Schildbürger bildeten sich sofort die abenteuerlichsten Dinge ein – die meisten meinten, man würde ihnen Ulaleipu als Wohnsitz anbieten – usw. – usw.

Und es ging den armen Schildbürgern so schauderhaft schlecht; sie wohnten auf einem Höhenzuge am Strande des Meeres – aber die gute Aussicht übers Meer bereicherte nur das Fantasieleben der Schildbürger; die Lostrennung von der allgemeinen utopianischen Volksreligion hatte die Schildbürger in kurzer Zeit ganz arm gemacht; sie verloren immer mehr die große Kunst, den Witz zur Vermehrung der Lebensgüter zu verwenden; anfangs hatte man die Schildbürger, unter denen sich die klügsten Köpfe befanden, fast nur zum Scherze »Narren« genannt – und schließlich waren sie wirkliche Narren geworden – wie die Bewohner des alten Schilda. Das neue Schilda hieß auch anfänglich gar nicht Schilda; die Stadt wurde nur von den Priestern in Ulaleipu Schilda genannt – und zum Scherze hatten die sogenannten »Narren«, die sich vom Volksgeiste lossagten, den Spottnamen zum Ehrennamen gemacht – und aus dem Scherze war dann sehr bald Ernst geworden.

So war es nun natürlich, dass die Schildaer jeden Scherz sehr ernst – und umgekehrt jeden Ernst sehr scherzhaft behandelten. Und so entstanden die dreieckigen Häuser und verkehrtesten Einrichtungen dazu.

Und die Priester triumphierten und sagten:

»Seht, so rächt sich unser Gott! Das kommt davon, wenn man mehr sein will als alle andern – das kommt davon, wenn man anders sein will als alle andern! Die Großtuer sind zu Narren geworden. Seht, so rächt sich unser Gott!«

Aber die Schildbürger sagten gar nichts dazu, denn ihre Gedanken schweiften immer weiter hinaus – und das Nächstliegende kam ihnen fremd vor – und das Ferne und das Nahe konnten sie nicht zusammenbringen, sodass ihr ganzes Leben so schlechte Töne von sich gab – wie eine zerbrochene Glocke.

15. Der Kaiser kommt

Der Hofzug des Kaisers fuhr in den dreieckigen Bahnhof von Schilda, und der Kaiser quartierte sich mit seinem Gefolge im dreieckigen Bahnhofsgebäude ein; das Gefolge des Kaisers bestand nur aus Beamten zweiten Grades, die aber sämtlich ihre Galauniform trugen; feierlicher Empfang vonseiten des Rates war verbeten worden, da der Kaiser gleich die einfacheren Leute von Schilda kennenlernen wollte.

Die einfacheren Leute von Schilda gehörten natürlich ebenso gut wie die Ratsherren zu denen, die im Leben »mehr« erstrebt hatten – Erfinder, Gelegenheitsdichter, Journalisten, Wunderdoktoren, fantastische Geschäftsleute und ähnliche Leute bildeten das einfache Volk in Schilda. Der Kaiser bemerkte sogleich das komische Gemisch von Aufgeblasenheit und Verworrenheit, wie es die Priester nannten, in einem anderen Lichte; er sah zunächst nur Hilflosigkeit und ausschweifende Gedanken, die naturgemäß alles ein bisschen verkehrt erscheinen ließen.

Und dann kam der Kaiser am nächsten Tage ins Rathaus und tat sehr zornig, musste aber hören, dass sich die Schildbürger durchaus für treue Staatsbürger hielten, die durch die Uniformen und Titel bloß dick und fett werden wollten. Diese durchaus simple Art der Schildbürger machte dem Kaiser scheinbar vielen Spaß, und er fragte die Ratsherren, ob sie auch ihre Frauen uniformieren könnten, und als sie das bejahten, fragte er sie, ob sie auch ihre neugeborenen Kinder uniformieren könnten – und als sie auch das bejahten, fragte er sie, ob sie auch ihren Himmel uniformieren könnten. Da waren die Ratsherren erschrocken und verstummten. Und der Kaiser erklärte nun, dass er furchtbar in Schilda hausen würde, wenn die Schildaer nicht in acht Tagen wüssten, wie ihr Himmel zu uniformieren sei.

In scheinbar grimmigster Laune verließ der Kaiser das dreieckige Rathaus und speiste zu Abendbrot im goldenen Löwen, allwo er sich nebenbei nach dem Flugtechniker Sebastian erkundigte.

Der Herr Sebastian war da.

16. Der Himmel

Drei Tage später saß der Kaiser Philander des Abends auf der Seeterrasse und blickte zu den Sternen empor, rauchte seine Zigarre und trank Wein dazu; er saß ganz allein und sprach plötzlich zu sich selbst: »Alle Wetter! Jetzt muss ich bald fort von diesem verdammten Schilda! Immer denke ich wirklich ernsthaft darüber nach, wie wohl dieser große Himmel uniformiert werden kann. Ich fürchte, die Narrheit steckt an. Die Sterne sind natürlich zu kompliziert, und die Farbe des Himmels ist immer wieder eine andre – so was lässt sich wirklich nicht uniformieren. Aber ich denke ja tatsächlich darüber nach. Hier werde ich auch ein Narr! Ich muss fort – fort!«

Er rief einen Diener und schickte ihn zum goldenen Löwen, und bald danach saß der Kaiser dem Flugtechniker Sebastian gegenüber und plauderte mit ihm über die Narrheit.

Der Herr Sebastian meinte:

»Diese Versunkenheit der Schildaer ist nach meinem Dafürhalten bloß eine gerechte Strafe für ein bummliges Leben, das keine festen Ziele im Auge behält, nur nach Vergnügungen strebt, in Ausschweifungen verfällt und dem lächerlichen Hochmute nicht beizeiten richtig zu begegnen weiß.«

»So würden Sie, Herr Sebastian«, entgegnete nun der Kaiser ernst, »ohne Schaden für Ihre geistige Gesundheit ein ganzes Jahr hier in Schilda leben können, nicht wahr?«

Herr Sebastian bejahte das lächelnd, und der Kaiser meinte so nebenhin:

»Könnten Sie mir versprechen, das zu tun, wenn mir sehr viel daran läge?«

»Das könnte ich ohne Weiteres!«, versetzte der Herr Sebastian lächelnd.

Da hörten sie in der Stadt ein mächtiges Klappern und ein großes Gehämmer wie in einem Eisenwalzwerk.

Der Kaiser ließ sich erkundigen, was das Geräusch zu bedeuten hätte, und erfuhr, dass die Schildaer dabei wären, ihre Stadt mit gelben und roten Tuchstreifen zu überspannen, um eine Uniformierung des Himmels herbeizuführen.

17. Der Tausch

Der Kaiser schlief in der darauf folgenden Nacht sehr schlecht; er träumte fortwährend von roten und gelben Flammen, die gegen den Himmel schlugen und die Sterne in Verwirrung brachten.

Und des Morgens fuhr der Kaiser sofort mit seinem Gefolge zum Rathause und setzte den Schildaer Ratsherren auseinander, wie sie durch ihren Bedachungsplan in gelben und roten Farben bewiesen hätten, dass sie gar nicht so dumm seien wie sie sich immer anstellten – und dass sie wegen dieser fortwährenden Verstellungskunst nun erst recht strafbar wären.

Da waren natürlich die Schildaer Ratsherren sehr entsetzt; sie glaubten, die Sache mit der Bedachung ganz vortrefflich gemacht zu haben, und nun zeigte sich der Kaiser erst recht ungemütlich; Moritz Wiedewitt war ganz allein auf die Idee der Stadtbedachung durch seine rot und gelb gestreifte Oberbürgermeisterskappe gekommen und sehr stolz auf seine Himmelsuniformierung.

Indessen – Herr Wiedewitt ließ nicht so schnell die Flinte ins Korn fallen; er sagte dem Kaiser ganz einfach ungefähr Folgendes:

»Grandiosität! Dass Sie uns für so schrecklich klug halten, ist ein grausamer Irrtum. Seien Sie mal ein Jahr Oberbürgermeister von Schilda – dann werden Sie nicht mehr daran glauben, dass die Schildaer sich bloß dumm stellen und dabei sehr klug sind.«

Und der Kaiser sagte darauf ungefähr dieses:

»Gut! So wollen wir unsre Kopfbedeckungen tauschen – nimm du die Krone und ich nehme die gelb und rot gestreifte Kappe.«

Und so geschah's.

Und die Schildaer waren natürlich aus dem Häuschen.

Der Kaiser aber fuhr bald darauf zum goldenen Löwen und ließ den Herrn Sebastian zu sich kommen.

Und mit dem Herrn Sebastian begab sich Philander, der jetzt den Oberbürgermeister vorstellte, in ein kleines abgelegenes Zimmer und schloss die Türe hinter sich zu.

18. Die Getäuschten

Als die beiden Herren nun allein waren, sagte Philander der Siebente leise:

»Herr Sebastian! Erschrecken Sie nicht!«

Und dabei nahm er den weißen Bart und die weißen Augenbrauen und die weißen Haupthaare ab.

Herr Sebastian erschrak aber wirklich. Und als er hörte, dass er die Kleider mit dem Kaiser tauschen sollte, erschrak er noch mehr.

Und als Herr Sebastian gar vernahm, dass der Kaiser willens sei als Flugtechniker Sebastian durch die Welt zu reisen und ihn, den Flugtechniker, als Oberbürgermeister von Schilda in der Gestalt des Kaisers Philander von Utopia zurücklassen wollte, da erschrak der Herr Sebastian am meisten.

Aber die Sache wurde glatt arrangiert, Herr Sebastian erhielt die schriftlich aufgesetzten Verhaltungsmaßregeln, und Philander der Siebente wanderte eine halbe Stunde später als Flugtechniker Sebastian zum Tore von Schilda hinaus.

Die Schildaer ahnten nicht, dass der Kaiser weg war, und bauten ihren uniformierten Himmel weiter aus, während Herr Sebastian seinen ersten Oberbürgermeistersbefehl in die Welt setzte; dieser Befehl setzte den Schildaern auseinander, dass sie zunächst darüber nachzudenken hätten, wie sie ihren uniformierten Himmel nützlich verwerten könnten – und dass sie natürlich die ganze Dachgeschichte gleich wieder abdecken müssten.

Das verdross die Schildaer natürlich sehr; sie hatten geglaubt, jetzt ein ganz neues Leben unter ihrem neuen Himmel führen zu können. Herr Wiedewitt, der sich natürlich schon ganz als Kaiser gebärdete, sollte helfend eingreifen – lehnte das aber sehr kühl ab und machte überall Einkäufe und besichtigte den Hofzug und erkundigte sich bei den Beamten nach den Preisen, die in Ulaleipu für Schlachtvieh und Fische gezahlt werden.

Herr Sebastian wollte währenddessen sein Abendbrot verzehren, bemerkte aber, dass er mit seinem weißen Bart nicht essen konnte – und musste aufstehen und hungrig auf sein Zimmer gehen, wo er eine

Cervelatwurst ohne Bart aß und auf die Narrheit schimpfte – aber so, dass es niemand hörte.

19. Im Luftwaggon

Der Herr Sebastian aß nun in des Kaisers rotem Mantel – aber ohne weißen Bart – sehr ärgerlich seine Cervelatwurst. Und zu derselben Zeit saß der Kaiser im Luftwaggon des Herrn Sebastian und aß Kaviar und warmes Rostbrot, während die drei Maschinisten die Abfahrtsmanöver leiteten; der Waggon wurde langsam durch Röhrenfüße, die sich mechanisch verlängerten, immer höher gehoben – dann breiteten sich die breiten sehr beweglichen Flügel aus – und dann begannen hinten die Schraubenräder zu arbeiten – und das Luftfahrzeug schwebte zu den Wolken empor und hielt sich anfänglich über der Meeresküste.

Der Führer des Luftwagens, Herr Schlackenborg, betrat die Veranda, in der der Kaiser Philander sein Abendbrot verzehrte und dabei durch die großen Glasscheiben nach Westen blickte, wo die Sonne im Meere in großer Farbenpracht unterging. Herr Schlackenborg setzte sich dem Kaiser gegenüber und langte ebenfalls zu; ein längeres Schreiben des Herrn Sebastian hatte die drei Maschinisten genau informiert – wie sie sich seinem Freunde gegenüber zu verhalten hätten. Dass dieser Freund der Kaiser selber war, wussten die drei nicht, doch dass er ein einflussreicher Mann und Bartmann genannt werden sollte – das wussten die drei Maschinisten. Auf ihre Verschwiegenheit konnte sich der Kaiser verlassen und Herr Schlackenborg war ein gebildeter Ingenieur.

»Es wäre nun«, begann Schlackenborg, »mir sehr erwünscht, wenn ich wissen könnte, wohin die Fahrt gehen soll.«

»Oh«, versetzte Bartmann, »darüber habe ich noch gar nicht nachgedacht. Fahren wir doch, solange es noch hell ist, über dem Meere – und vielleicht landen wir dann an einem Leuchtturm, wo Ihnen die Lotsen bekannt sind.«

»Soll geschehen!«, sagte Schlackenborg, gab's weiter durchs Sprachrohr und entkorkte eine Porterflasche.

Bartmann sah in die Farbenpracht des Sonnenunterganges und sagte leise:

»Ich muss Ihnen schon erklären, Herr Schlackenborg, dass ich ein etwas sonderbarer Mensch bin; ich habe Jahrzehnte hindurch fernab vom Weltgetriebe wie ein Einsiedler gelebt und möchte nun das Leben kennenlernen – oder, wie ich zu sagen pflege, ich möchte hinter das Leben kommen; ich möchte hinter jedem Baum und hinter jedem Fels und hinter jedem Sonnenuntergang – noch mehr sehen – das, was eigentlich dahinter ist – die eigentlichen Lebensnerven – die Triebfeder, – den Mechanismus – Sie verstehen wohl.«

»O ja«, sagte da der Schlackenborg, »das möchte ich auch wohl – das Uhrwerk in der Natur kennenlernen – alle Maschinenteile – das ganze Kraftarrangement. Es ist mir das eigentlich ganz geläufig, da ich als Maschinentechniker immer gewohnt bin, überall die Schrauben aufzuschrauben und in das Innere zu sehen.«

»Nicht so ganz«, bemerkte der Bartmann, »verstehen wir uns. Ich möchte mehr den Duft der Natur in kondensierter Form – als Parfüm aufnehmen. Ich möchte die Quintessenz des Lebenden haben. Aber – darüber sprechen wir wohl noch öfters. Wichtig ist mir auch, hinter die Menschen zu kommen. Auch den Menschen möchte ich unter die Haut sehen. Ich möchte sehen, ob die innerlichen Freuden des Menschen sehr groß sind – ob die Menschen auch nicht im Kaiserreich Utopia verlernt haben, ein innerliches Leben zu führen; das äußerliche Leben ist in Utopia so bequem und angenehm, dass ich fürchte, das innerliche Leben könnte zu kurz kommen.«

»Ein bisschen viel auf einmal«, entgegnete Herr Schlackenborg, »verzeihen Sie gütigst, dass ich nicht gleich so folgen kann – aber ich werde mir die größte Mühe geben, Ihren interessanten Auseinandersetzungen mir verständliche Seiten abzugewinnen. Einstweilen muss ich bitten, mich zu entschuldigen – ich muss nach den Maschinisten sehen.«

Und er ging, und der Kaiser saß da und starrte in den Sonnenuntergang und in die Farbenpracht des Meeres, die tief unten flackerte und brannte.

Und die Augen des Kaisers sahen die goldenen Ränder der Wolken und die Glanzlichter in der Tiefe – und er wollte dahinter kommen – hinter dieses große mächtige schäumende Leben.

20. Lotte Wiedewitt

Herr Moritz Wiedewitt kümmerte sich aber um den großartigen Sonnenuntergang ganz und gar nicht, ließ die ihm verliehene Kaiserkrone im Hofzuge sorgfältig verpacken und machte dann in Schilda Einkäufe, wobei er sich mit Wohlgefallen immerzu »Grandiosität« titulieren ließ.

Der Interimskaiser kam dann in bester Stimmung nach Hause, um endlich Abendbrot zu essen, aber die Lotte hatte bereits von der Ratssitzung gehört und zu allem ganz ratlos mit dem Kopfe geschüttelt; sie konnte es einfach nicht glauben, dass ihr Moritz für ein Jahr nach Ulaleipu gehen sollte und dort Kaiser sein – nein, das konnte sie nicht glauben; sie vermutete, dass dahinter bloß wieder ein abenteuerlicher unnützer Narrenstreich stäke.

Und als nun der Moritz endlich nach Hause kam, empfing ihn seine Frau mit einer Gardinenpredigt, die sich gewaschen hatte.

»Was soll denn das nun wieder? Leben wir hier denn wirklich im Tollhaus? Bin ich dazu mit dir nach Schilda gezogen, um hier bloß mit dir tolle Streiche anzugeben? Haben wir nicht schon genug mit unsrer Wirtschaft zu tun? Geht hier zu Hause alles drunter und drüber? Wir haben nicht das Nötigste – und zu dummen Streichen ist immer das Geld da? Du wolltest doch noch die eingelaufenen Briefe beantworten – und jetzt willst du wieder Kaiser werden? Schämst du dich denn gar nicht? Ich habe nichts Vernünftiges anzuziehen – und du denkst dir bloß windige Geschichten aus. An unser Wäschespind solltest du doch denken – der Tischler macht es nicht fertig – und du hast mir doch versprochen, das olle Spind noch in diesem Monat fertig zu machen, damit ich endlich weiß, wo ich mit den paar plundrigen Sachen hinkann. Aber statt zu arbeiten, willst du Kaiser werden. Es ist unerhört. Du solltest dich doch vor den Nachbarn schämen.«

Und dann schimpfte die Lotte, dass die Wände dröhnten, damit es alle Nachbarn hören konnten, was für'n verrückter Kerl dieser Moritz war.

Aber da riss auch dem Moritz die Geduld, und er brüllte:

»Mach das Abendbrot fertig. In einer Stunde muss ich nach Ulaleipu fahren.«

»Fällt mir nicht ein!«, schrie die Lotte. »Mach dir dein Abendbrot allein. Ich bin lange genug dein Pachulke gewesen. Ich will jetzt ein anderes Leben genießen.«

Da wurde der Interimskaiser so wütend, dass er eine Porzellanvase ergriff und sie auf den Fußboden schleuderte, dass die Porzellanstücke zum dreieckigen Fenster hinausflogen.

»Bin ich denn verdammt«, rief er grimmig, »ewig und immer mit diesem verrückten Weibe zu leben? So bleib du hier – ich fahre allein nach Ulaleipu.«

»Fahre, wohin du fahren willst«, sagte die Lotte, »ich werde wissen, was ich zu tun habe.«

Moritz wollte wieder einlenken, aber die Lotte schmiss die Türe hinter sich zu und riegelte ab.

Da nahm der Interimskaiser Hut und Stock und ging in den goldenen Löwen, aß sein Abendbrot unter Zähneknirschen, verabschiedete sich von Käseberg, Moellerkuchen und einigen Ratsherren in sehr kurzen eiligen Worten und fuhr, als es dunkel geworden war, mit dem Hofzuge nach Ulaleipu – den ganzen Hofzug ließ Herr Wiedewitt illuminieren – auch oben über den Waggondächern – mit roten, blauen und grünen Flammen – und elektrische Scheinwerfer ließ er aufleuchten, dass der Zug wie ein Lichtgespenst durch die Nacht dahinsauste.

21. Der verzweifelte Staatsrat

Die Rechtszentrale in den sieben Türmen am Schwantufluss hatte sich natürlich sofort der ganzen Kaiserangelegenheit bemächtigt, und fast in jeder Tagesstunde liefen ein paar Broschüren beim Staatsrat in Ulaleipu ein. Und in den Broschüren wurde des Kaisers Tat hochherzig und bewunderungswürdig genannt, und nur zwei oder drei Autoren hatten die Tat des Kaisers, der, um die Abtrünnigen in der Stadt Schilda zurückzuführen in den alleinseligmachenden Schoß des Volksgeistes, Oberbürgermeister von Schilda geworden war, für eine nicht ganz der Rechtsauffassung aller entsprechende Tat befunden.

Dagegen war der Staatsrat überall sehr schlecht weggekommen, indem man in den Broschüren durchweg behauptete, dass auch ein Mitglied des Staatsrates Oberbürgermeister von Schilda hätte werden können.

Dass der Oberbürgermeister Wiedewitt zum Interimskaiser ausgerufen worden war, das wurde durchweg dem Staatsrate in die Schuhe geschoben; der hätte für eine geeignetere Stellvertretung beizeiten tätig sein müssen.

Dass der Kaiser den Oberbürgermeister zum Stellvertreter gewählt, das wurde dem Kaiser gar nicht übelgenommen; er sei durch den Staatsrat schwer gereizt worden.

Kurzum: Der Staatsrat hatte alles auszubaden. Und es war nur natürlich, dass er sich in gradezu grenzenloser Verzweiflungsstimmung befand.

In vierzehn Tagen waren siebenundachtzig Broschüren über den merkwürdigen Vorfall erschienen.

Es gab nur einen Trost für den Staatsrat: In keiner Broschüre wurde zugegeben, dass das neue Regiment eine einschneidende Veränderung im Staatshaushalte zur Folge haben könnte – es gingen sogar einige Autoren am Schwantuflusse so weit, die ganze Angelegenheit als nicht sehr wichtig hinzustellen – das beweise schon, sagten sie, die kleine Anzahl der Broschüren (bloß 87), während doch im letzten Jahre 43 andere Rechtsfälle mehr als 150 Broschüren zur Folge gehabt hätten.

Aber der Staatsrat war in Verzweiflungsstimmung.

22. Der Leuchtturm

Der Kaiser Philander wurde als Herr Bartmann in den Lotsenzimmern des großen Leuchtturms sehr freundlich empfangen; der Leuchtturm hieß der große der großen Molen und des umfangreichen Unterbaues wegen; in den Lotsenzimmern hörte man die donnernde Brandung nur wie ein fernes Geräusch, da überall doppelte Doppelfenster angebracht waren.

Hinter das Leben der Utopianer wollte der Kaiser kommen, und es schien ihm nun als erste Aufgabe, an verschiedenen Punkten seines Reiches festzustellen, wie die vielen Wohlfahrtseinrichtungen auf die Utopianer wirkten – ob sie noch immer als wohltuend empfunden wurden – und ob sie ausreichten, das Leben in Utopia als einigermaßen glücklich erscheinen zu lassen.

Die Bequemlichkeitseinrichtungen hatten den denkbar größten Grad von Vollkommenheit erreicht, und nun fragte der Kaiser zunächst, so als wenn er bloß Studien halber reise, wie die Lotsen über die Bequemlichkeit dächten.

Und da sagte denn ein Alter gleich sehr unwirsch:

»Lieber Herr, die Bequemlichkeit ist für unsern Stand eine recht bedenkliche Sache; früher gingen die jungen Leute mit Vergnügen ins Rettungsboot – heute muss man schon Zwangsregeln gebrauchen – die Jugend wird durch gutes Essen und Trinken – durch Fahrstühle, vortreffliche Betten und all den übrigen neuzeitlichen Luxus so verwöhnt, dass wir viele Bequemlichkeitsdinge wieder hinausbringen mussten; die gute alte Zeit hatte doch mit ihrer einfachen Lebensart sehr viele Vorzüge.«

Der Kaiser war ganz sprachlos, aber er sah ein, dass der Alte wohl Veranlassung hatte, zu klagen – die andern Lotsen stimmten dem Alten sämtlich bei.

Es wurde Grog getrunken, und der Herr Bartmann ließ sich Seegeschichten erzählen, sprach nicht viel und dachte sich sein Teil; er wollte noch über die vorzügliche Rechtspflege in Utopia sprechen – aber ihm schnürte was die Kehle zu, und er ging bald in sein Zimmer und versuchte zu schlafen.

Mit dem Schlafe ging es aber nicht – es war nur ein halber Schlaf – aus dem Meere, das brauste und krachte, stiegen immer wieder bleiche Gestalten heraus, die immerzu leise flüsterten – und das klang wie eine Anklage – und schließlich wie ein Fluch auf die Bequemlichkeit der verwöhnten Utopianer.

»Wären die Lotsen«, sagte eine Gestalt dicht neben dem Bette des Kaisers, »nicht so saumselig gewesen – ich wäre noch am Leben.«

Der Kaiser steckte seine Kerze an und rieb sich die Augen, er war ganz allein.

Unten tobte die Brandung des Meeres wie in weiter Ferne – murmelnd.

Und der Orkan brauste vor den Fenstern, dass ein leises Pfeifen und Knallen zu hören war.

Die Fenster klirrten.

Der Kaiser schlief ein.

Die Kerze beleuchtete das Gesicht des Schlafenden, in dem die scharfen feinen Züge mit dunklen Schatten erschienen; das Profil des Gesichtes lag als Schattenbild an der Wand.

23. Die Zeitungen

Am nächsten Morgen saß der Herr Bartmann im Lesezimmer der Lotsen und las die neuesten Zeitungen.

Das Lesezimmer machte den Eindruck eines Bibliothekssaales, und die Möbel ließen an Behaglichkeit und künstlerischem Schliff nichts zu wünschen übrig; jede Ecke und jede Kante war anders und voll intimster Reize, sodass man sich auf jedem Stuhle so recht zu Hause fühlte – Alles glänzte wie neu und wirkte doch gleichzeitig wieder so alt wie eine alte Handschrift.

Ein Lotse, der dienstlich abgerufen wurde, rief ärgerlich:

»Grade jetzt! Bei diesen Zeitungsberichten über Schilda!«

Aber er ging, und der Kaiser las weiter von Schilda – im »Alten Staatsblatt« stand u. A.:

»Es lässt sich immerhin die Frage aufwerfen, ob der Kaiser von Utopia berechtigt war, für ein ganzes Jahr seine hohe Stellung aufzugeben, bloß um die verirrten Schildbürger wieder auf den rechten Pfad zu bringen. Der Kaiser ist nicht nur dazu da, im Volke ein juristisches Gleichgewicht herzustellen; die fünfzig Stimmen, die er allein den hundert Stimmen seines Staatsrates gegenüber zu stellen vermag, sind nicht bloß für die Rechtsfragen da; er soll auch – und dazu ist er in erster Linie hochstehender Volkskaiser – in allen Lebensfragen seines Volkes eine entscheidende Führerrolle in Anspruch nehmen, er soll dem Volke neue Bahnen eröffnen und immerdar tätig sein zum allgemeinen Wohle – er soll auch ein Anreger sein ...«

Herr Bartmann lächelte und las in einer anderen Zeitung:

»Die anregende Haltung des Kaisers, die vom alten Staatsblatte so angelegentlich empfohlen wird, wird der Kaiser als Oberbürgermeister von Schilda am allerbesten zur Geltung bringen; es ist doch nur natürlich, dass grade die etwas komische und durchaus peinliche Lage der Schildbürger zu sozialen Anregungen grade genug Veranlassung gibt; in seiner neuen Position als Oberbürgermeister wird der Kaiser sicherlich eine große Anzahl von Verhältnissen, die der Verbesserung bedürfen, kennenlernen. Und Schilda ist uns allen ein Dorn im Auge. Schilda muss verbessert werden. Und die Dinge, die in Schilda verbesserungsbedürftig erscheinen, werden ihre Schatten über das ganze Kaiserreich werfen. Warten wir ab, was der Kaiser in Schilda tut.«

Herr Bartmann sah jetzt sehr ernst aus, und es ging ein feierlicher Zug über sein Gesicht, und er dachte an die Schatten der vergangenen Nacht – die Kerze hatte große Schatten oben an die Zimmerdecke gebracht, und die bleichen Gestalten des Meeres gingen durch die Schatten an der Zimmerdecke durch.

Und des Kaisers Züge wurden plötzlich hart; er stand auf und ging mit festen Schritten hinaus – auf die Galerie – dort hörte er das Meer ganz laut hinaufdröhnen – und unten schäumten an den Klippen die hohen Wellen.

24. Der spaßende Oberlotse

Nach dem Mittagessen, das der Herr Bartmann an der großen Lotsentafel einnahm, gab's ein sehr gemütliches Plauderstündchen.

Herr Bartmann fragte nach den persönlichen Verhältnissen der einzelnen Herren und motivierte seine Fragen dadurch, dass er sich den Anschein gab, als reise er im Auftrage der großen Rechtszentrale am Schwantufluss. Und so bekam er sehr viele offene Antworten.

Doch die Antworten, die Herr Bartmann erhielt, genügten ihm immer noch nicht – er hätte hauptsächlich gerne eine Schilderung des Fantasielebens der Herren Lotsen gehabt und sprach demnach sehr oft und mit Wiederholungen von dem Inneren des Menschen – und dass der Mensch doch nicht bloß ein äußeres Leben führe; er meinte:

»Die Natur, die uns umgibt, ist doch eigentlich nur ein großes Sinnbild für uns; was wir äußerlich in uns aufnehmen, wird zu Mist. Und wir selber werden auch etwas, was als Dünger verwendet werden kann. Unser äußeres Leben geht zugrunde – aber alles, was wir innerlich empfinden und verarbeiten – was wir, geleitet von dem großen Volksgeiste, als eine Lebenswelle schaffen – das geht nicht so zugrunde wie das Äußerliche – ist nicht so flüchtig wie eine Meereswelle. Von dem, was die Herren innerlich in sich haben – von dem möcht ich gerne etwas wissen.«

»Nun«, meinte da der Oberlotse, »was werden wir in uns haben? Was wir gegessen haben, werden wir in uns haben.«

Da lachten alle.

Aber der Kaiser lachte nicht; er verließ den großen Leuchtturm und begab sich in seinen Luftwaggon.

25. Silda und Ulaleipu

Die Lotte Wiedewitt schrieb an ihren Gatten nach langen wirtschaftlichen Auseinandersetzungen am Schlusse ihres ersten Briefes:

>»Soweit ist hier eigentlich wieder alles beim Alten; die roten und gelben Tuchstreifen sind wieder fortgebracht, und jeder macht hier wieder seine alten Dummheiten, manchmal auch neue dazu. Viel Gescheites kommt dabei nicht raus. Der Kaiser, der jetzt hier deine Stellung einnimmt, lässt sich fast gar nicht sehen; man sagt, er schreibe immerzu Rechnungen aus. Aber ich glaube das nicht. Schreib mir bald, wie es dir geht in deiner neuen Position. Es hat mir sehr leid getan, dass ich bei deiner Abfahrt wieder so heftig wurde – aber du warst doch die Veranlassung. Wir sind ja von all den vielen Sorgen so nervös geworden. Hoffentlich wird jetzt alles besser; die Nachbarn glauben das auch. Schreibe bald! Viele Grüße aus Schilda!
>Ich bin
>>Deine
>>>Lotte.«

Der Kaiser, der ja nicht der Kaiser, sondern der Herr Sebastian war, schrieb natürlich keine gewöhnlichen Rechnungen aus – darin hatte die Lotte Wiedewitt ganz recht; der Herr Sebastian rechnete sehr viel hinter verschlossenen Türen – aber diese Rechnungen waren wissenschaftlicher Natur; der Herr Sebastian arbeitete an einer neuen Erfindung, die mit Kanonen einen Warentransport arrangieren sollte; die Waren sollten mit Kanonen geschossen werden, und es handelte sich darum, die Fangapparate so zu konstruieren, dass sie die Geschosse auch dann auffingen, wenn ein stärkerer Wind die Bahn ein wenig veränderte.

In Ulaleipu war man natürlich nicht wenig erstaunt, als man immer noch nichts von den Taten des neuen Oberbürgermeisters hörte; man zerbrach sich den Kopf über das zurückgezogene Leben des Kaisers, konnte aber nichts herausbekommen, da die Schildbürger ganz vernarrt in ihren kaiserlichen Oberbürgermeister waren und ihn ganz ungestört ließen – natürlich in der Annahme, dass ihr neues Oberhaupt nur über das Seelen- und Leibesheil der Schildbürger nachdächte; die Rechnungen des Herrn Sebastian kamen den Schildbürgern als nationalökonomische Rechnungen vor.

Auch der Herr Moritz Wiedewitt lebte in Ulaleipu in der ersten Zeit sehr zurückgezogen, und auch er arbeitete an großen Rechnungen; diese aber waren nationalökonomischer Natur und betrafen die Einnahmen und Ausgaben der Stadt Schilda.

Der Interimskaiser Moritz wollte seine Position zum Besten seiner Mitbürger ausnützen; er dachte aber keineswegs an die innerlichen Schäden der Einwohner Schildas – sondern an ihr äußerliches Leben, dem natürlich sehr viel abging, da Schilda wirtschaftlich vom Kaiserreich Utopia abgelöst war und keinen Anteil mehr haben sollte an all den vielen Wohlfahrtseinrichtungen des Kaiserreichs.

Der Staatsrat kam oft zusammen, und die öfteren Zusammenkünfte brachten allmählich eine heitere Stimmung hervor; man beglückwünschte sich, dass wenigstens kein Unsinn gemacht wurde – weder in Schilda noch in Ulaleipu.

Die Bewohner der Residenz schienen äußerlich von dem Thronwechsel kaum Notiz zu nehmen; die Staatsverhältnisse waren ja nach allen Richtungen so gesichert, dass einschneidende Veränderungen nicht denkbar schienen; doch die Neugierde wuchs – und man war denn doch allgemein gespannt, was nun werden würde.

Man glaubte schon, der Kaiser würde in Schilda allmählich wieder den alten Volksglauben aufrichten, aber die Priester schüttelten dazu den Kopf und erklärten, dass sie doch ganz allein berufen wären, einen derartigen Umschwung in der religiösen Lebensauffassung zu bewirken.

Andrerseits betonte man des Öfteren die verbohrte Hartnäckigkeit der Schildbürger, die ein für alle Mal erklärt hatten, dass sie sich aus dem Volksgeiste nichts machten und durchaus ihr eigenes Leben unabhängig vom Volksgeiste führen wollten.

Und das war in Schilda immer noch so.

Und die Neugierde wuchs auch in Schilda.

Man wachte auch in Schilda jeden Morgen mit dem Gedanken auf: »Was wird geschehen?«

Aber es geschah nichts.

Die Zeitungen schwiegen sich aus oder setzten leere Vermutungen in die Welt.

Der Herr von Moellerkuchen sagte schließlich zu seiner Frau:

»Wenn jetzt nicht bald ein Erlass kommt, so befürchte ich, dass alles beim Alten bleibt.«

Herr von Moellerkuchens Frau hielt das nicht für so unwahrscheinlich.

26. Der Antiquar

Der Kaiser fuhr nun als Herr Bartmann mit fieberhafter Schnelligkeit durch sein Kaiserreich und studierte Land und Leute in der ihm eigentümlichen Art.

Der Herr Bartmann erregte überall ein beträchtliches Aufsehen, aber nicht des Sebastianischen Luftfahrzeuges wegen – Luftwagen gab's in Utopia recht viele – es war das Benehmen des Herrn Bartmann den Utopianern so auffällig; der fremde Herr fragte so viel, und das kam allen so neu, ungewöhnlich und – auch ein bisschen anstößig vor.

Und die Antworten, die man dem Herrn Bartmann gab, klangen sehr bald recht spöttisch, sodass der Fragesteller vorsichtig wurde und seine Taktik änderte; er sah ein, dass er sich verdächtig gemacht hatte und gab nun plötzlich vor, dass er eigentlich »Sammler« sei – aber nicht ein einseitiger Sammler, vielmehr einer mit sehr vielseitigen Interessen.

Und auf diese Weise machte er, ohne dass es auffiel, die Bekanntschaft des Herrn Citronenthal, der als berühmter Antiquar ein großes und dabei sehr intim gehaltenes Museum sein eigen nannte.

Und Herr Bartmann setzte Herrn Citronenthal sehr bald auseinander, was er eigentlich zu sammeln wünschte, und sprach demzufolge so:

»Ich möchte Raritäten geistiger Art sammeln – solche, die sich scharf abhoben vom Allgemeinen und eigensinnig ganz aparte Ziele verfolgten – Ziele, die es zu ihren Zeiten noch nicht gab – kurzum: die Fantasieprodukte der bizarrsten Naturen.«

»Aha«, versetzte rasch Herr Citronenthal, »wenn ich nicht irre, so wollen Sie die Ahnengalerie des modernen Schilda.«

Der Herr Bartmann errötete und fürchtete, sich verraten zu haben, und änderte deswegen abermals den Kurs und meinte ganz harmlos lächelnd:

»Nicht so! Nicht so! Ich möchte bloß wissen, wie sich der Volksgeist, dem wir göttliche Verehrung entgegenbringen und gegen den ich gar keine Opposition wage, wie sich dieser Volksgeist in den feiner organisierten Vertretern des Volkes in früheren Zeiten offenbarte. Auf dieser Wissbegierde allein basiert meine ganze Sammelkunst. Mir ist so, als müsste ich etwas Altes sammeln, wenn ich die Quintessenz und das Allerfeinste der menschlichen Natur kennenlernen will.«

»Ganz auf dem richtigen Wege, Herr Bartmann«, versetzte der Antiquar einfach, »Sie wollen alte recht abenteuerliche Manuskripte – vielleicht Märchen oder sogenannte Utopien! Ganz richtig! So was kann man im Kaiserreich Utopia wohl sammeln. Ich habe sehr viel davon – auf kostbaren alten Blättern. Ja, das nennt man wohl Erinnerungskunst, was Sie da sammeln wollen. Im Alten steckt die ganze Seele der Menschheit. Zum Alten zieht es uns immer wieder hin, wenn wir in der Gegenwart nicht das finden, was unsrer Sehnsucht Genüge tut. Das weiß ein Antiquar, und ich verstehe Sie, Herr Bartmann, und schätze Sie.«

Der Antiquar blickte den Kaiser mit feuchten Augen lächelnd an, doch der sagte hastig:

»Wie wär's aber, wenn ich noch weitergehen möchte? Kennen Sie nicht vielleicht Verhältnisse, in denen das Alte in die Gegenwart gesetzt ist und dort greifbar vor uns steht – und ganz lebendig ist? Sehen Sie, grade das Lebendige möchte ich – das Lebendige!«

Herr Citronenthal runzelte die Stirn, stand auf und ging auf seinen alten Teppichen ein paarmal auf und ab und sagte dann bestimmt:

»Herr Bartmann, Sie sind doch kein echter Sammler. Aber ich kann Sie in einer befreundeten Familie einführen, wo Sie wohl das finden werden, was Sie suchen. Obschon ich gestehen muss, dass ich nicht ganz klar Ihre Ziele erkenne.«

»Wir werden uns schon allmählich verstehen!«, sagte der Herr Bartmann.

Und sie gingen zusammen zu der dem Herrn Citronenthal befreundeten Familie.

27. Die Familie

Es lag etwas Weiches und etwas Schlichtes in dem kleinen Zimmer, das der Kaiser mit dem Antiquar betrat. Und weich und schlicht war auch die Art, in der die beiden Herren von der Familie in dem kleinen Zimmer empfangen wurden. Im Nebenzimmer hörte man leise Klavier spielen – alte sehr einfache Musik, die im Kaiserreich Utopia immer mehr in Vergessenheit geriet.

Der Hausherr hatte einen grauen Bart und sehr treuherzige Augen und langsame Bewegungen, und seine Frau war ganz ebenso.

Und man sprach von der alten Zeit, und die beiden Töchter des Hauses mussten alte Silbersachen und altes Porzellan – alte Ledersachen und alte Stickereien – alte Holzschnitzereien und alte Elfenbeinarbeiten – alte Bücher und alte Zeichnungen – herbeitragen und zeigen.

Und dabei unterhielt man sich mit dem Kaiser, als wär er ein alter Freund und schon mit allen alten Dingen so vertraut.

Und es gefiel dem Herrn Bartmann – Alles, was er sah, und auch alles, was er hörte. Und er sprach mit der alten Dame des Hauses von der Seele der Menschheit – und dass die doch grade in den alten Sachen stäke.

»Aber auch«, meinte er, »hinter den alten Sachen steckt noch mehr, als man so sieht.«

Und das wurde lebhaft – auch von den beiden Töchtern – bejaht. Alle waren eifrig bemüht, zu beweisen, wie lebendig die alten Möbel und die alten Schmucksachen seien – man erklärte sich die alte intime Symbolornamentik, betonte die Wichtigkeit der immer wiederkehrenden Motive, lobte die alten gedämpften Farben, das Abgegriffene, das Altväterliche und besonders immer wieder die alten Ornamentmotive –

die Rosetten, Kränze, Blumenschüsseln, die alten Schnörkel und die alten Kronen.

Und der Herr Bartmann hatte das Gefühl, als versinke er in all diesem Plunder, und als er beim Abendbrot bemerkte, dass er beinahe das Alte ganz lebendig vor sich fühle, und von den Eindrücken seiner Kindheit plauderte und diese mit all den alten Sachen in Verbindung brachte und immer wieder betonte, dass man so zwischen alten Sachen in einer ganz anderen Welt lebe und dass man diejenigen, die so zwischen alten Sachen in einer anderen Welt leben, ja nicht stören und sie durch nichts herausreißen dürfe – da glaubten alle, dass Herr Bartmann das Ziel seiner Wünsche erreicht hätte.

Und die alte Dame des Hauses ließ den ältesten Wein bringen und dachte dabei gleichzeitig an ihre älteste Tochter – und hörte zuweilen gar nicht ordentlich auf das, was gesagt wurde – und – und es schien dem Kaiser so, als versinke er in eine weiche schlichte alte Zeit – und das Klavierspiel der ältesten Tochter vermehrte dieses Gefühl des Versinkens immer mehr, sodass der Gast ganz schweigsam wurde.

Wie aber der Herr Bartmann einen Augenblick mit Herrn Citronenthal allein war, warf er plötzlich hart den Kopf zurück und machte mit einem Ruck alle seine Glieder ganz straff und sagte leise aber bestimmt:

»Herr Citronenthal, jetzt müssen wir unbedingt ein Glas Bier zusammen trinken.«

Der Antiquar stimmte natürlich zu, und ihm war dabei so, als hörte er in der Ferne eine alte utopianische Hochzeitsmusik.

Es war aber eine Sinnestäuschung.

Zum Abschiede bat der Herr des Hauses seinen neuen Gast, doch eine alte Schnupftabakdose – eine sehr feine Silberarbeit mit Email-Miniaturen – zum Andenken anzunehmen.

Und der Kaiser musste das Geschenk schon annehmen, und er verabschiedete sich von den beiden Alten und den beiden Töchtern mit den dankbarsten Worten, sodass die vier gar nicht ahnten, wie weit fort die Gedanken ihres Gastes waren.

Draußen zog der Kaiser die Stirn in der Mitte zusammen und rollte mit den Augen.

28. Der Bierkeller

Der Herr Citronenthal führte nun den Herrn Bartmann in das beste Restaurant der Stadt und stellte seinen Gast dort mehreren alten Herren vor, mit denen sich die beiden in das prächtige Eichenzimmer zurückzogen. In dem Eichenzimmer war alles voll üppigster fantastischer Holzschnitzerei – selbst die Tischplatten zeigten Holzskulpturen in Flachrelief.

Herr Bartmann trank die ersten drei Glas Schwantubräu, ohne etwas zu sagen. Und der Antiquar kam auf die Familie zu sprechen, in der die beiden Abendbrot gegessen hatten, und er sprach so von der Familie, dass der Herr Bartmann nicht umhin konnte, sein Schweigen aufzugeben.

»Halten Sie ein«, rief er plötzlich, »heute ist mir das Unglück des Kaiserreichs Utopia klar geworden; dieses ruhige prächtige Leben ist eben ganz dazu angetan, die Utopianer von oben bis unten zu verweichlichen; die Utopianer sind schlaff wie alte Waschlappen – und das ist ihr Unglück. Stellen Sie sich, meine Herren, das ungeheuerliche allmächtige Leben in der Natur vor! Da glüht und sprüht alles durcheinander, dass die Funken nur so prasseln. Die Welt da draußen ist voll Leben. Und das Leben, das wir in der Natur sehen, reißt uns in andre Sphären – wir müssen empfinden, dass hinter allen Bäumen und hinter allen Felsen noch mehr lebt – als das, war wir sehen. Und der große Volksgeist, den wir alle anbeten und der unser Dasein durchströmt – dieser große Volksgeist lebt ebenso heftig wie die große Welt da draußen. Aber die Utopianer, die von diesem großen Geiste geführt werden, zeigen nicht, dass sie so leben wie der Geist, der sie führt; die Utopianer sind schlaff und faul, und all ihr Luxus und all ihre Kunst und all ihre Bequemlichkeit und all ihre prächtige Gerechtigkeitsliebe fördern den Utopianer nicht mehr – nein, all diese schönen Dinge machen den Utopianer schlaff, dass er nicht mehr ordentlich und rasch zu denken vermag und nicht mehr imstande ist, das große Leben, das da draußen in der großen Welt lebt, mitzumachen. Der Utopianer kann heute nicht mehr das große fieberhaft mächtige Weltleben verstehen und mitempfinden und infolgedessen auch nicht mehr große Werke schaffen – nicht mehr Werke schaffen, die es wert sind, als

Spiegelbild der Unendlichkeit, der Unermüdlichkeit und Unerschöpf-
lichkeit zu gelten. Wann denken denn die Utopianer an das, was hinter
allen Erscheinungen lebt? Wann denken denn die Utopianer in ihrem
Leben – das große Leben sich zu gestalten – das große Leben, das der
Geist, der uns führt und den wir Volksgeist zu nennen wagen, nachzu-
leben? Und ist diese Schlaffheit nicht empörend? Dieses faule Utopia
ist es nicht wert, zu leben – wenn es nicht so leben will – wie der
Große, der hinter uns steht, uns zu leben gebietet. Temperamentlos
sind die Utopianer geworden. Ich wünsche Ihnen einen Guten Abend,
meine Herren.«

Sagt es und geht hinaus.

Und zweiundzwanzig Minuten später fährt der Kaiser von Utopia
in seinem Sebastianischen Luftschiff hoch über seinem Kaiserreich
durch die Nachtluft zu den funkelnden Sternen empor.

29. Zwei Idylls

In Schilda saß die Lotte Wiedewitt in ihrem Arbeitszimmer und war
durchaus guten Mutes.

»Wir werden uns schon durchsetzen!«, sagte sie des Öfteren vor sich
hin, und dabei arbeitete sie fleißig an einer neuen Wandbekleidung;
sie beschäftigte sich schon seit mehreren Monaten, da die Einkünfte
auch im Oberbürgermeistershause sehr zu wünschen übrig ließen, mit
kunstgewerblichen Arbeiten.

In dem dreieckigen Arbeitszimmer der Frau Oberbürgermeisterin
lagen in großer Unordnung große Muscheln, präparierte Fischgräten,
Korallen und andere feste Meeresgewächse in Menge herum und bildeten ein anmutiges Stillleben.

An den Spiegeln der Wände hingen sehr viele Fischgräten, die durch
ein neues Verfahren steinhart und mit allen möglichen Farben schillernd
bunt gemacht waren.

Jetzt aber arbeitete die fleißige Lotte an einer neuen Wandbekleidung,
die auf Metallplatten bunte Muster aus Perlmutter, Bernstein und ge-
pressten Seegrasfabrikaten zeigten; die Seegrasfabrikate, die in ihren
braunen Naturfarben gelassen waren und sich durch sehr zierliche
Adern auszeichneten, bildeten die Hauptteile der Muster.

Die Lotte sah gar nicht von ihrer Arbeit auf, dachte aber dabei immerfort an ihren Moritz, der jetzt Kaiser von Ulaleipu spielte und wenig von sich hören ließ.

»Er soll schon staunen, wenn er wiederkommt!«, sagte sie dann leise, und sie lächelte dabei, und ihre strahlenden Augen schauten zum Fenster hinaus und sahen draußen auf der Straße die geheimen Regierungssekretäre von Moellerkuchen und Käseberg, die eifrig miteinander über die neuen Zustände sprachen und die Oberbürgermeisterin hochachtungsvoll begrüßten.

In Ulaleipu saß währenddessen die Kaiserin Caecilie in ihrem Ankleidezimmer und fragte ihre Zofe, ob denn noch immer nicht das Pelzzimmer gereinigt sei.

»Die Luftpumpen«, sagte die Zofe, »saugen noch immer den Staub auf, aber die Geschichte hat bald ihr Ziel erreicht.«

Und als das nun geschehen war, begab sich die Kaiserin in ihr Pelzzimmer und setzte sich vor das weite offene Fenster und blickte auf den schwarzen See hinab und zu den großen Bergen hinauf und hinüber zu den vielen Häusern der Residenz, die an den Bergabhängen bunt und vielkantig leuchteten wie Edelsteine.

Das Pelzzimmer bestand an den Wänden und an der Decke und auf dem Fußboden aus lauter kostbaren Pelzen, die immer durch Luftschläuche, die sich mechanisch von der Decke herunterbewegen konnten, vom Staube befreit wurden; die Schläuche hatten vorzüglich funktionierende Staubaufsaugungsapparate.

Die Kaiserin saß an ihrem offenen Fenster und dachte an ihren Gemahl, der gar nichts von sich hören ließ.

Aber sie war über das Schweigen ihres Gemahls keineswegs ungehalten; sie las nun in einem alten Märchenbuch, das in wolkig buntgefärbtem Pergamentbande auf einem geschnitzten Elfenbeintische vor der Kaiserin lag – das Folgende:

»Die Zwerge aber machten der Prinzessin ein Armband aus glühenden Steinen, die immer wieder in anderen Farben leuchteten und eine feine prickelnde Wärme ausströmten, ein kostbares Armband – und mit diesem Armband konnte die Prinzessin tausend Mal schöner die Geige spielen als alle ihre Musikanten.«

»Ähnliches«, sagte die Kaiserin für sich, »haben wir jetzt im Kaiserreich Utopia schon in Wirklichkeit.«

Der Mond ging auf und spiegelte sich im schwarzen See, und die Kaiserin ließ das Lesen sein und blickte hinüber zu den Häusern der Stadt, in denen jetzt die Abendlampen angezündet wurden.

30. Die Rechtszentrale

»Nanu«, sagte der Herr Bartmann in der Rechtszentrale am Schwantuflusse, »was wollen Sie denn von mir?«

Der Angeredete, ein alter Kontrollbeamter, zog eine Fotografie aus der Westentasche und zeigte sie dem Herrn Bartmann und sagte lächelnd:

»Das sind Sie, nicht wahr, Herr Bartmann? Sie haben gestern Abend in einem Bierkeller, der nur achtzig Meilen von der Rechtszentrale entfernt ist, eine Bierrede gehalten und sich in dieser sehr abfällig über das Kaiserreich Utopia geäußert. Die Rede ist durch Automat aufgenommen mitsamt Ihrer Fotografie und heute Morgen durch Rohrpost hierhergelangt. Sie, Herr Bartmann, sind mit Luftwagen hierhergekommen und augenscheinlich ein sogenannter Fremder. Alles, was Recht ist, aber das können Sie nicht verlangen, dass man in Utopia schlecht über Utopia reden darf – und somit wollte ich Sie bitten, mich zu meinem Betriebsdirektor zu begleiten.«

Herr Bartmann kraute sich hinter den Ohren, ihm wurde schwül zumute, er stotterte und sah sich nach seinem Luftwagen um. Aber der Kontrollbeamte meinte lächelnd:

»Es ist ja nichts Gefährliches. Strafen tun wir ja nicht in Utopia. Aber die Sache muss zur Diskussion gestellt werden. Ihre Rede hat interessiert. Durch solche Reden können Sie in Utopia berühmt werden.«

»Ich danke schön für den Ruhm!«, rief der Herr Bartmann wütend aus.

»Danken Sie nicht zu früh«, versetzte der Beamte, »der Ruhm ist doch eine vortreffliche Ware.«

Sie standen am Ufer des Schwantuflusses, in der Mitte des Flusses stand auf einer länglich ellipsenförmigen Insel der Hauptturm der Rechtszentrale, und an jedem Ufer standen je drei Nebentürme der

Rechtszentrale. Und diese sieben, hundert Stock hohen Türme waren durch Tausende von Brücken mit Fahrstühlen untereinander verbunden.

Und da fuhr denn der Herr Bartmann mit dem alten Kontrollbeamten sehr bald auf diesen Brücken herum, und die beiden Herren unterhielten sich über die Bedeutung der sieben Türme; der Beamte sprach nicht ohne Wichtigtuerei:

»In diesen sieben Türmen werden nur Manuskripte fabriziert; jeder Rechtsfall wird hier zu Papier gebracht, die Druckereien befinden sich auf den Hügeln ringsum, hinter denen sich, wie Sie sehen, die Stadt ausbreitet. Augenblicklich wird am meisten über unsern Kaiser Philander geschrieben, der sich ja, wie Sie wissen, in Schilda befindet und Gar nichts von sich hören lässt.«

Der Herr Bartmann kraute sich abermals hinter den Ohren und sagte seufzend:

»Die Geschichte kann ja gut werden.«

»Haben Sie bloß keine Furcht«, erwiderte lächelnd der Beamte, »in Utopia geht – Alles, was Recht ist – Alles mit rechten Dingen zu, und keinem Menschen wird ein Haar gekrümmt.«

Danach stellte der Beamte den Herrn Bartmann seinem Betriebsdirektor vor, der in einem Prachtsaale saß und gemütlich seine Zigarre rauchte.

Als nun der Herr Bartmann dem Herrn Betriebsdirektor allein gegenüber saß in einem köstlichen Ebenholzstuhle mit Emailmalereien, da fragte der Direktor seinen Gast höflich, während er ihm eine Zigarre anbot: »Wollen Sie das gestern Gesagte in allen Teilen aufrechterhalten?«

Herr Bartmann nickte und las sich noch einmal seine Rede durch und nickte wieder.

Da wurden denn sofort dreißig Regierungsliteraten vom Inhalte der Rede in Kenntnis gesetzt.

Und der Direktor plauderte danach mit seinem Gaste, als wäre Gar nichts vorgefallen.

31. Kaiser Moritz der Blamierte

Der Zeremonienmeister Kawatko sprach in der Versammlung des Staatsrates zu Ulaleipu das Folgende:

»Eine Kraftprobe, meine Herren, hat unser Staatsgebäude glänzend bestanden. Bereits vier Wochen sind es her, dass unser Kaiser Philander der Siebente die Regierungsgeschäfte in die Hände des Oberbürgermeisters von Schilda gelegt hat. Und diese recht kecke Handlungsweise hat den Utopianern bislang nicht ein Haar gekrümmt; wir können mit Zuversicht in die Zukunft blicken.«

Der Kaiser vereinigte in seiner Person die Macht von fünfzig Stimmen, die hundert Mitglieder hatten dagegen nur hundert Stimmen; wollte also der Kaiser etwas durchsetzen, so musste er mindestens fünfundzwanzig Mitglieder des Staatsrates auf seiner Seite haben. Hatte der Kaiser nicht fünfundzwanzig Mitglieder des Staatsrates auf seiner Seite, so blieb dem Kaiser nur ein Appell ans Volk über.

Der stellvertretende Kaiser Moritz wollte nun zunächst die wirtschaftliche Stellung der Bewohner Schildas durch eine allgemeine Landessteuer befestigen. Da kam er aber beim Staatsrate schön an, kein Mitglied des Staatsrates trat auf die Seite des stellvertretenden Kaisers; Herr Malke, der Historiker, erklärte feierlich:

»Da es eine historische Tatsache ist, dass sich die Schildaer von der großen Staatsreligion der Utopianer lossagten, so sind die Schildaer auch von den wirtschaftlichen Wohltaten des utopianischen Staates abgeschnitten worden; die Utopianer helfen den Schildaern nicht, wenn es ihnen schlecht geht. Und somit erklären wir, dass eine Staatssteuer zugunsten der Stadt Schilda nicht von uns genehmigt wird.«

Der Kaiser Moritz appellierte sofort ans Volk – aber in fünf Broschüren wurde einstimmig die Idee des neuen Kaisers für undurchführbar erklärt – der Stellvertretende wurde ganz kalt daran erinnert, dass sich die Utopianer niemals verachten und dabei gleichzeitig anpumpen ließen.

Und der neue Oberbürgermeister von Schilda, den alle für den Kaiser Philander hielten und der doch bloß der Herr Sebastian war, erklärte feierlich, dass die Schildaer nicht nötig hätten, die Utopianer anzubetteln. Und danach schenkte der neue Oberbürgermeister der Stadt

Schilda zehntausend Reichstaler, und der Kaiser Moritz war der Blamierte.

Und ganz Utopia lachte über die erste Regierungshandlung des stellvertretenden Kaisers; der Moritz ärgerte sich.

32. Das Künstlerfest

Die bildenden Künstler des Kaiserreichs Utopia hatten in den letzten Jahrzehnten eine große Vorliebe für die Kunstarten vergangener Epochen gezeigt und dementsprechend verschiedene alte Städte wieder so rekonstruiert, dass man hinter ihren Mauern glauben konnte, noch in einer alten lange vergangenen Vorzeit zu leben; es hatten sich auch viele Utopianer gefunden, die diese alten Städte im Kostüm der alten Zeiten bewohnten und dabei auch die Sitten dieser alten Zeiten so getreu wie möglich kopierten.

Diese antiquarische Geschmacksrichtung hatte aber auch ihr Gegenspiel erzeugt, und somit gab's auch sehr viele Maler, Bildhauer und besonders Architekten, die den lebhaften Wunsch besaßen, in einer Zukunftszeit zu leben.

Diese Zukunftszeit sollte sich ganz besonders durch transportable Häuser – und demnach auch durch transportable Städte auszeichnen. Naturgemäß konnte man so kostspielige Zukunftspläne nicht gleich in die reale Welt übersetzen. Es wurde daher beschlossen, zunächst ein Künstlerfest mit transportablen kleinen Restaurants zu arrangieren. Zwanzig sehr umfangreiche Fesselballons sollten die Restaurants in die Lüfte hinaufheben und da immer wieder in interessanter Gruppierung auf- und absteigen und so die Reize der transportablen Architektur zur Anschauung bringen.

Der Plan kam zur Ausführung, und die Künstler waren einfach entzückt – besonders in den warmen Sommernächten, wenn unten und oben tausend bunte elektrische Scheinwerfer die Luftstadt durchleuchteten.

Ganz Utopia interessierte sich für dieses Künstlerfest sehr lebhaft, und die Zahl der fotografischen Aufnahmen von den einzelnen Luftrestaurants aus und auch solche vom Erdboden aus belief sich in den ersten vierzehn Tagen auf ungefähr siebzig Millionen; die antiquarische Richtung verlor der neuen Luftrichtung gegenüber immer mehr an Boden, und alle Welt war erstaunt und entzückt über die lebhafte Tätigkeit der utopianischen Künstlerwelt.

Nur dem Herrn Bartmann gefiel diese neue Richtung in der Kunst keineswegs, und seine abfällige Kritik erregte in den Künstlerkreisen nicht geringes Aufsehen. Seine heftige Rede im Bierkeller über die utopianische Schlaffheit und Faulheit hatte bereits ein großes Kopfschütteln überall erzeugt, die Künstler aber hielten es jetzt für angezeigt, diesem merkwürdigen Quengler ganz energisch entgegenzutreten.

Und es kam zwischen den ersten Architekten des Landes und dem Herrn Bartmann zu einer heftigen Auseinandersetzung – und natürlich hoch oben in den Lüften tausend Meter über dem Festplatze mitten in der Nacht, als die Scheinwerfer herumflirrten – wie die brennenden Blitzstrahlen von Riesendiamanten.

»Eine sehr äußerliche Kunstrichtung«, sagte der Herr Bartmann, »eine reindekorative Kunstrichtung – eine Raumkunst, aber keine Traumkunst. Wenn wir auch dadurch unsrer Erscheinungswelt immer wieder neue Seiten abgewinnen und wenn wir auch dadurch in mancher Beziehung sehr neue und sehr wertvolle Anregungen empfangen – verinnerlicht wird dadurch die Kunst keineswegs – sie wird im Gegenteil immer mehr veräußerlicht durch derartige Spielereien.«

Da gab's nun spitze Worte auf beiden Seiten, und der Herr Bartmann hatte einen schweren Stand; die Künstler setzten ihm klipp und klar auseinander, dass man der Kunst den Boden unter den Füßen fortzöge, wenn man die Kunst von der äußerlichen Erscheinungswelt trennen wollte.

Herr Bartmann aber erklärte nachdrücklich: »Wenn wir in einer äußerlichen Erscheinung das innere Leben herauszufühlen versuchen, so können wir sehr viel herausziehen; lassen wir aber immer wieder neue äußerliche Erscheinungen auf uns wirken, so werden wir nicht die Zeit finden, jeder einzelnen äußerlichen Erscheinung ins Innere zu schauen, und wir werden bald das Innere ganz über dem Äußeren vergessen. Sie wissen, meine Herren, dass ich nicht behaupte, wir könnten überirdische Geister irgendwo entdecken – Sie wissen, wie ich das Innere meine – Sie geben mir immer wieder zu, dass die Fülle der Erinnerungen und der unwillkürlich erzeugten Nebenvorstellungen jedes äußerliche Bild vertieft, verfeinert und zu einem sehr empfindlichen

Darstellungsgegenstande macht. Würde sich's nicht empfehlen, dieser intimen Kunstrichtung mal mehr Raum zu schaffen? Durch Ihre Luftschlösser machen Sie alle intimen Bestrebungen einfach tot – Sie zerstreuen, statt zu konzentrieren – Sie geben nicht dadurch den grandiosen Eindruck des intensiven Naturlebens.«

Da widersprach man natürlich sehr heftig und erklärte, dass siebzig Millionen Fotografien von all den verschiedenen Luftsituationen uns doch wohl die Fülle des Lebendigen recht lebhaft verkörpern und dass es doch gradezu toll wäre, in dieser Luftkunst nicht die genügende Sensibilität zu erblicken.

»Nein, nein!«, rief aber wieder der Herr Bartmann. »Sie töten damit die Sensibilität. Sie bringen nicht das fieberhafte grandiose Weltleben dadurch zur Empfindung. Auf diese Weise kommen Sie nicht hinter die Erscheinungswelt – nicht in das große ungeheuerliche innere Leben der Natur hinein. Sie müssen das Leben – das ungeheuerliche Leben erfassen – das Leben, das uns in den Sonnenprotuberanzen und in den allmächtigen Ätherschwingungen des Mikrokosmos entgegenrauscht – das müssen Sie erfassen – Sie müssen lebendiger alles sehen – lebendiger!«

Herr Bartmann zitterte dabei, und seine Zuhörer traten seitwärts und erklärten ihn für übernervös und beschlossen ihn durch List in eine Besserungsanstalt zu schicken, in der überreizte Nerven durch einfache Tätigkeit und feine Ablenkung wieder normal werden.

Und die Künstler erklärten dem Herrn Bartmann, dass er sich wohl selber noch nicht ganz verstände; er müsse jedenfalls auf einem stillen Landsitze seinen Nerven eine Erholung gönnen. Und sie schlugen ihm vor, den Direktor einer Besserungsanstalt aufzusuchen, der grade für intime Kunst sehr viel übrig hätte.

Der Bartmann trank aus Ärger mehr als sonst und erklärte feierlich, dass ihn bisher noch nicht ein einziger Utopianer verstanden hätte – nicht ein einziger.

33. Die Besserungsanstalt

Am nächsten Tage ließ sich der Herr Bartmann überreden, den Direktor der Besserungsanstalt aufzusuchen. Doch wie erschrak er da, als er einsah, dass da seine Nerven gebessert werden sollten.

Ih – da wurde der Herr Bartmann mächtig fuchtig und schimpfte auf die Künstler, was Zeug und Leder hielt.

»Hier sollen«, rief er aus, »die faulen Utopianer noch fauler werden! Wer ein bisschen lebhafter ist, der wird in eine Nervenbesserungsanstalt geschickt, damit er die verdammte Lebhaftigkeit wieder verliert.«

Der Prior eines Klosters war grade zugegen, als der Herr Bartmann über die Natur der Besserungsanstalt ins Klare kam; der sehr liebenswürdige und sehr gebildete Prior bat den Herrn Bartmann, doch mit ihm in sein Kloster zu kommen – da könnten sie ja über das Leben und über das Sterben das Längere und Weitere reden.

Und der Herr Bartmann steckte sich eine Zigarre an, pfiff sechs Mal ganz lange in einem hohen Tone und folgte der Einladung.

34. Das Kloster

Zwei Tage weilte der Herr Bartmann in dem alten Kloster, das mitten in einem großen großen Garten lag. Der Prior des Klosters, der den Herrn Bartmann hierhergeführt, saß am Abend des zweiten Tages in seinem Bibliothekszimmer und schaute hinaus in die blühende Sommerpracht – Berge, Hügel, Felsen und Täler waren architektonisch reichgegliedert und boten mit ihren Blumenmassen ein sehr buntes und doch sehr stilles Bild; von den Maschinen, die bei der Gartenkultur verwendet wurden und die Handarbeit des Menschen fast gänzlich überflüssig machten, sah man nichts – aber die Bewohner des Klosters, nur Männer, gingen in den Laubengängen und über die Parkterrassen vereinzelt oder zu zweien.

Das Kloster übte keinerlei Zwang auf seine Bewohner aus; wer nicht mehr bleiben wollte, verließ das Kloster, und die da blieben, konnten tun und lassen, was sie mochten; nur bestimmte Vorschriften, die lediglich einer gegenseitigen gesellschaftlichen Rücksichtnahme entsprachen, mussten innegehalten werden; aufgenommen wurden in dem Kloster allerdings nur diejenigen, die von den Verwaltungsdirektoren auserwählt waren.

Und der Herr Bartmann kam zu dem Prior in sein Bibliothekszimmer, und dieser erklärte nun seinem Gast dieses:

»Es ist nicht richtig, wenn Sie, Herr Bartmann, überall in der Natur nur das ungeheure lebhafte Leben sehen wollen – die Natur zeigt uns auch ebenso viel Sterben, das lebhaft nicht genannt werden kann.«

Und die beiden Herren blickten lange hinaus in die friedliche Blumenlandschaft, die nicht lebhaft schien und auch nicht das Gegenteil vorstellte.

Der Herr Bartmann steckte sich wieder mal eine Zigarre an und dachte nach und sagte leise:

»Ich meine auch das Leben nicht so einfach, wie wir's auf der Erde mit unsern Augen zu sehen gewohnt sind. Wenn ich vom Leben in der Natur sprach, so wollte ich da das Wort Leben so aufgefasst wissen, dass es auch das Sterben in sich einschließt.«

»Schon gut«, erwiderte der Prior, »indessen möchte ich doch bemerken, dass Sie grade überall eine sehr hochgespannte Lebhaftigkeit zu sehen wünschen, und dieser möchte ich eine weiche müde Schläfrigkeit gegenüberstellen. Diese Schläfrigkeit, Schlaffheit – diese große Stille ist doch auch in der Natur und ist doch auch sehr wohltuend. Und ich glaube, Sie können sagen, dass Sie die Aktivität suchen und ich die Passivität. Aber wenn ich als Geistlicher denke, so nehme ich die eine Seite der Natur ebenso gerne hin wie die andre. Das ist eben der priesterliche Standpunkt, der nicht zwischen den Dingen sondern über ihnen ist – so wie die Priester eigentlich über dem Kaiser und über dem Staatsrat stehen.«

Herr Bartmann war versucht, zu bemerken, dass er als Kaiser auch über den Priestern stehe – doch der Prior schien seine Gedanken zu erraten und sagte einfach:

»Wenn der Kaiser mit den Priestern Hand in Hand geht, dann steht er auch über den Priestern. Ob man dieses aber von unserem Kaiser Philander sagen kann, der sich jetzt in Schilda – grade in Schilda – augenscheinlich nur mit mathematischen Arbeiten befasst – das erscheint mir noch sehr zweifelhaft.«

»Vom Sterben in der Natur«, sagte der Herr Bartmann, »habe ich als Mensch eigentlich keine Vorstellung, denn ich bin doch noch nicht gestorben – wenigstens weiß ich momentan noch nichts davon. Und deshalb halte ich's für notwendig, zunächst das Leben im Auge zu behalten.«

Der Prior lächelte und kam wieder auf die Passivität zu sprechen und meinte, der Herr Bartmann sollte mal sehen, auch der Passivität feinere Seiten abzugewinnen.

Herr Bartmann versprach's, aber die Geschichte lag ihm noch nicht, und er sehnte sich jetzt grade sehr nach einer sehr lebhaften Lebensfrische, und deshalb fuhr er in seinem Sebastianischen Luftwagen am nächsten Morgen zum nächsten Verkehrszentrum.

35. Das grosse Hotel

Zum Abschiede hatte der Prior noch seinem Gaste feierlichst gesagt: »Vergessen Sie aber nicht, dass die übergroße Lebensfülle für uns nur die eine Seite der Natur darstellt. Ebenso energisch erscheint sie uns auch im Vergehenlassen.«

»Hoho«, versetzte da der Herr Bartmann, »die Natur ist also immer überall sehr energisch! Selbst die Selbstmordstimmungen sind wie alle Mordstimmungen immer sehr energisch.«

»Fragt sich noch!«, rief der Prior, aber da fuhr der Herr Bartmann schon fort und war zur Mittagszeit im größten Hotel von ganz Utopia in einem Verkehrszentrum, das an Lebhaftigkeit nichts zu wünschen übrig ließ.

Hier machte der Herr Bartmann eine Reihe neuer Bekanntschaften und musste erfahren, dass seine Reden im Luftrestaurant auf dem großen Künstlerfest sehr ungenau kolportiert waren; die Künstler hatten dem Herr Bartmann Dinge in den Mund gelegt, die er niemals geäußert hatte – bald sollte er ein Geisterseher sein – und bald eine Mönchsnatur. Aber grade diese Reden, die alles entstellten und nach verschiedenen Seiten hin aufbauschten, machten den Herrn Bartmann zu einer berühmten Persönlichkeit, die von Neugierigen sehr bald überlaufen wurde.

Eines Morgens machte sich aber im Hotel eine große Unruhe bemerkbar; die Zeitungen brachten merkwürdige Nachrichten von der Sturmküste, dort sollte das Meer immerfort die Farbe wechseln und sehr unruhig sein, ohne dass ein Sturm ausbrach.

Der Herr Bartmann wollte mit seinem Luftwagen hinfahren, doch der Führer des Wagens weigerte sich, da die Sturmküste von allen Luftfahrzeugen der Stürme wegen gemieden wurde.

Und so fuhr der Herr Bartmann mit einem der schnellen elektrischen Züge auf einer Seilbahn zur Sturmküste, und viele Gäste des Hotels fuhren ebenfalls dorthin.

36. Das unruhige Meer

An der Sturmküste, die aus gewaltigen, ganz steil zum Meere abfallenden Felsen bestand, war die Luft ganz still und sehr warm.

Das Meer zeigte, obgleich der ganze Himmel dunkelblau und ohne Wolken war, überall bunte Stellen, als wären große Teermassen hineingeworfen. Und dazu schäumten die Wellen ganz unregelmäßig, und einzelne Wellenberge erhoben sich plötzlich zu ungewöhnlicher Höhe. Und dazu gurgelte es überall, und ein seltsames Brausen ertönte, das offenbar nicht von den Wogenkämmen ausging.

Am Ufer waren alle darüber einig, dass ein unterseeisches Ereignis vor sich gehe. Die Logierhäuser auf der Höhe der Strandfelsen wurden verlassen, da man mit vulkanischen Erschütterungen rechnen musste. In jeder Minute kamen immer mehr Utopianer zur Sturmküste, und die Seilbahnen zeigten bald lange Reihen von elektrischen Wagen, die stehen blieben und von den Reisenden nicht verlassen wurden.

Als es Nacht geworden, machte das Meer einen unheimlichen Eindruck; bis auf Meilen hinaus flackerten immerzu bunte Stellen auf, und das Getöse ward immer stärker, als stürme ein furchtbarer Orkan über die Wasser. Und dabei blieb doch die Luft ganz still, und das wirkte so furchtbar unheimlich, dass viele Utopianer vorzogen, so schnell wie möglich wieder abzufahren.

Herr Bartmann wurde um Mitternacht von dem Herrn Citronenthal angesprochen, der in Begleitung des alten Herrn mit der Schnupftabakdose auch zur Sturmküste geeilt war. Die drei Herren unterhielten sich sehr lebhaft über das bevorstehende Naturereignis, und der Herr Citronenthal sagte:

»Herr Bartmann, man spricht ja jetzt überall von Ihnen. Man bringt das unruhige Meer mit Ihren Äußerungen über intime Kunst zusammen. Sie wollten immer, dass die Utopianer das sähen, was hinter oder unter unsrer Erscheinungswelt liegt. Jetzt sind wir gezwungen, an das zu denken, was überall dahinter wirkt und darunter lebt.«

»Nicht doch!«, versetzte Herr Bartmann. »So habe ich's nicht gemeint.«

Doch er kam nicht weiter: Es zeigten sich plötzlich hellgrüne Streifen auf dem Meere, die strahlenförmig von einem Punkte wie Radspeichen ausgingen. Und dabei wurde das Meer zwischen den grünen Streifen dunkelviolett, und die dunkelvioletten Teile des Meeres bekamen zinnoberrote Flecke, die jedoch sehr rasch immer wieder verschwanden und an anderen Punkten auftauchten.

Ganz entsetzlich kam's aber jetzt allen Utopianern vor, als das Meer immer ruhiger wurde, sodass schließlich das ganze Meerbrausen verstummte und dafür nur ein unheimliches unterseeisches Gurgeln hörbar blieb.

37. Das unterseeische Ereignis

Die grünen Streifen verloren allmählich ihre grade Form und zogen sich bald im Zickzack durch das Meer, das immer heftiger zu leuchten begann und dann in unbeschreiblichen Farbenspielen aufflammte, dass den Utopianern fast die Augen geblendet wurden.

Und die Sterne verblassten am Himmel.

Das Morgengrauen machte auch die Farbenspiele im Wasser blasser.

Und plötzlich brach ein Sturm los, dass den Utopianern die Kopfbedeckungen wegflogen.

Und in dem Punkte, von dem die grünen Streifen ausgegangen waren, stieg eine Wassersäule in die Luft, leuchtete ganz hellgrün und erreichte eine furchtbare Höhe.

Und aus der Spitze der grünen Säule flogen rotglühende Kugeln heraus in den Himmel hinauf.

Und danach schien sich das Meer aufzuheben, und es entstand in ein paar Sekunden eine zweite ungeheuerliche Wassersäule, die mindestens drei Meilen breit war – und nun auch eine ungeheure Höhe erreichte – und danach in weißen Strudeln zusammenstürzte.

Dabei brach der Sturm so heftig los, und gleichzeitig erzitterte der Felsenboden so furchtbar, dass alle Utopianer zu Boden stürzten.

Als die Gefallenen sich wieder aufrichteten, sahen sie das Meer nur als ungeheure Schaummasse, aus der immer wieder farbige Wolken herausqualmten, sodass allen Hören und Sehen verging.

Und dieses großartige Schauspiel hielt bis zum Sonnenuntergange an.

Und der Utopianer bemächtigte sich eine unbeschreibliche Erregung, die sich in ganz widersinnigen Vermutungen Luft machte.

So kam es, dass sich plötzlich die Nachricht verbreitete, dieses unterseeische Ereignis wäre ein von den Barbaren arrangierter Minenangriff – und der Bartmann müsste Näheres darüber wissen.

Geheimpolizisten hatten auch zufällig den Bartmann entdeckt und ihn in heftigster Form zur Rede gestellt, und dabei sah Bartmann den Oberlotsen vom großen Leuchtturm vor sich, und der Oberlotse rief:

»Sie haben, mein Herr, vor einigen Wochen auf unserem Leuchtturm Längeres und Breiteres darüber geredet, was hinter der Erscheinungswelt zu suchen sei. Sie sind in verdächtiger Weise mit einem Luftwagen grade zum äußersten Leuchtturm gekommen, um wahrscheinlich zu spionieren.«

»Das ist ja lächerlich!«, schrie der Bartmann.

Und er war nahe daran, zu erklären:

»Ich bin Euer Kaiser, Philander der Siebente!«

Daran wurde er aber durch das furchtbare Getöse, das jetzt mit erneuter Kraft losbrach und abermals alle Utopianer zu Boden warf, verhindert.

38. Die Kriegsingenieure

Glücklicherweise waren achtzig Kriegsingenieure zur Stelle, die von dem Verdachte erfuhren und sofort den Bartmann aus seiner schlimmen

Lage befreiten; sie erklärten einstimmig, dass hier von Minenarbeit und Barbarentaten keine Rede sein könnte.

Bartmann aber war selbstverständlich der Mann des Tages geworden, und die Utopianer brachten jetzt die Bartmannschen Äußerungen über das, was hinter und unter der Erscheinung lebte, mit dem unterseeischen Ereignis in andrer Weise zusammen, und es machte sich überall die Meinung geltend, dass sich in diesem Bartmann doch wohl ein großes Ahnungsvermögen ausgebildet haben müsste. Währenddem erklärten die Kriegsingenieure heftig, dass sie für den Schutz des Kaiserreichs volle Garantien böten; sämtliche Grenzbefestigungen seien im besten Stande und an Barbarenangriffe könne gar nicht gedacht werden.

Nun waren aber mit der Grenzenbeschützung nur tausend Kriegsingenieure betraut; diese hatten aber so vollendete Maschinen in ihrer Hand, dass sie leicht nachweisen konnten, wie gut Utopia geschützt sei.

Ein Heer gab's in Utopia nicht; das ganze Grenzschutzwesen wurde von den tausend Kriegsingenieuren ganz allein geleitet.

Bartmann aber hörte, dass der Staatsrat zur Sturmküste kommen würde; und da zog er's doch vor, so schnell wie möglich davonzufahren, um nicht erkannt zu werden.

Die Schaumstrudel wurden nun allmählich weniger heftig; die Tätigkeit des unterseeischen Vulkans schien aufgehört zu haben. Und nach drei Tagen hörte man eines Morgens das Rauschen der Schaumstrudel langsam verklingen. Und als es nun heller Tag geworden war, sah man – statt des Meeres – einen großen Sumpf.

39. Der Sumpf

Dass das Meer plötzlich verschwunden war, erzeugte nun selbstverständlich abermals eine gewaltige Aufregung im Kaiserreich Utopia. Und in kurzer Zeit kamen alle Utopianer, sobald sie nur die nötige Zeit hatten, zur Sturmküste, um sich das große Wunder anzusehen.

Der große Sumpf war es allerdings auch wert, angesehen zu werden, denn die Formationen, die er aufwies, hatten des Wunderbaren genug.

Zunächst machte sich der Sumpf durch unglaublich viele schillernde Farben bemerkbar, und dann veränderten sich die Schlammmassen immerzu – es schob und drängte sich das ganze Sumpfgebiet und blieb in ständiger Bewegung und erzeugte Hügel und Täler und kleine wandelnde Bergrücken, und besonders interessant waren plötzliche Trichterbildungen, die für kurze Zeit gestatteten, tief ins Innere zu blicken.

Aber die trichterförmigen Versenkungen verschwanden immer wieder, und die Mitglieder des Staatsrates und die Männer der Wissenschaft standen ganz ratlos vor diesem Schlammreich, und auch der Kaiser Moritz sagte bloß:

»Das ist ein Sumpf, in dem wir alle zugrunde gehen könnten.«

Von dieser Bemerkung nahm man aber kaum Notiz.

40. Der ungeduldige Staatsrat

Die Mitglieder des Staatsrates waren nun auch sämtlich zur Sturmküste gekommen, um das große Naturwunder anzustaunen; das Meer trat immer weiter zurück, und die Schlammberge des Sumpfes blieben in ständiger Bewegung, und von Männern der Wissenschaft wurde immer wieder die Frage erwogen, ob neue Ausbrüche des Erdinnern zu erwarten seien.

Der Utopianer bemächtigte sich eine immer heftigere Erregung, und von vielen Seiten wurde nach dem alten Kaiser Philander verlangt, der doch sonst bei viel weniger wichtigen Gelegenheiten niemals mit interessanten Meinungsäußerungen zurückgehalten hatte.

Und der Staatsrat beschloss dementsprechend, sehr ungeduldig zu tun und beim Kaiser Philander in Schilda anzufragen, was jetzt geschehen solle.

Diese Anfrage schien ganz natürlich, da der Kaiser Moritz in sehr missgelaunter Stimmung nach Ulaleipu zurückgefahren war.

Aber aus Schilda kam nur ein kurzes Telegramm des folgenden Inhalts:

»Der Kaiser Philander hat wirklich keine Zeit, sich mit Naturereignissen, an denen er nichts ändern kann, zu beschäftigen. Danken wir dem Geiste, der alles lenkt, für das größere Naturereignis, das darin besteht, dass allen Utopianern kein Haar dabei gekrümmt worden ist. Hoffen wir, dass die Utopianer auch für die Folge gesund bleiben. Man beachte, dass Sumpfgegenden stets ungesunde Dünste ausströmen, und demnach verhindre man, dass die Neugierigen zu lange an der Sturmküste verweilen.«

Dieses Telegramm trug keine Unterschrift und zur Beruhigung der Gemüter nicht viel bei; die Bemerkung von der ungesunden Sumpfluft wurde vielfach erörtert, und der Staatsrat sauste schleunigst mit den elektrischen Hofwagen nach der Hauptstadt des Landes, allwo er auch fürderhin äußerlich sehr ungeduldig tat, ohne es innerlich zu sein, da die Tatenlosigkeit des Kaisers in Schilda allen Mitgliedern des Staatsrats sehr wohltuend vorkam.

41. Der kaltgestellte Humorist

Der Kaiser Moritz schrieb währenddem an Frau Lotte Wiedewitt, Gemahlin des Kaisers von Utopia, den nachstehenden Brief:

»Liebes Lottchen!

Jetzt bin ich schon volle acht Wochen Kaiser, und du denkst sicherlich, ich schwimme hier in der reinsten Glückseligkeit. Das ist aber nicht der Fall. Ich finde mich in meiner neuen Stellung einfach nicht zurecht. Die Leute sind hier zu ernst. Ich hoffte, für die Stadt Schilda etwas Vernünftiges tun zu können – das ist mir aber, wie du wohl erfahren hast, total missglückt. Nun sind mir noch manche launige Einfälle gekommen – aber der gute Staatsrat kam meinen launigen Einfällen nicht freundlich entgegen. Ich bin in Schilda zu Hause und nicht im ernsten Ulaleipu. Hier ist alles sehr prächtig und sehr praktisch eingerichtet. Staatsverbesserungen kann ich also nicht vornehmen. Und für Staatsverulkungen hat man hier keinen Sinn. Ich habe hier das Lachen verlernt. Ich bin kaltgestellt. Ich pfeife im Grunde genommen auf allen Luxus und auf alle Bequemlichkeiten ganz energisch. Schließlich ist auch dieses Wohlleben nur eine Beengung der Gedanken. Und darum sehne ich mich nach dir, liebes Lottchen. Du musst mir das Lachen wieder beibringen. Der Sumpf an der Sturmküste hat hier die Situation noch ernster gemacht.

Die Erhebung des Meeres muss ja wohl kolossal ausgesehen haben; die kinematografischen Bilder wirken ja einfach niederschmetternd.

Was soll ich aber, der ich doch eigentlich Moritz Wiedewitt heiße, dazu sagen? Ich wundre mich nur, dass man bei all der Aufregung und bei den Erderschütterungen so viel fotografieren konnte. Ich habe so die Ahnung, als könnte uns der große Sumpf ein großes Unglück bringen. Und darum komm schnell her. Du bist mir jetzt wichtiger als ganz Utopia. Ich bin wirklich in sorgenvoller Stimmung und ganz wider meinen Willen zu ernst geworden. Setz dich gleich in den nächsten Zug und komme her. Telegrafiere und komme!

Ich bin dein lieber Moritz

Kaiser von Utopia und Trauerklops.«

Und die Lotte Wiedewitt telegrafierte und kam.

42. Der Astronom

Als die Lotte nun nach Ulaleipu fuhr, war der Herr Bartmann auf der großen Sternwarte im alten Schneegebirge und hatte dort die Sturmküste und den beweglichen Sumpf beinahe schon vergessen; Herr Bartmann sprach fast den ganzen Tag mit dem Astronomen Haberland; diese beiden Herren schienen ganz unzertrennlich zu sein.

Herr Haberland entwickelte dem Herrn Bartmann Theorien über die Natur der menschlichen Sinnesvorstellungen und über die verschiedenen Arten des Denkens:

»Denken ist«, sagte Herr Haberland, »natürlich nur ein Verknüpfen von Sinnesvorstellungen; der Philosoph verknüpft zumeist nur Formeln, die die Gestalt von Worten annehmen, der bildende Künstler verknüpft die Augenvorstellungen, aber der Gärtner verknüpft bereits Geruchsvorstellungen – und der Koch Geschmacksvorstellungen. Die beiden Letzteren pflegen ihre Gedankentätigkeit nicht mit vollem Bewusstsein auszuüben, aber ihre Gedankentätigkeit lässt sich trotzdem nachweisen. Nun lässt sich aber die Gedankentätigkeit des Gärtners und des Kochs, wenn auch in sehr geringem Maße doch bei jedem Menschen nachweisen. Das Denken mit den andern Sinnen, die nicht Auge und Ohr sind, nennen wir gemeinhin unbewusstes Denken – man sollte sagen: schwer kontrollierbares Denken. Dieses spielt im sogenannten Traumzustande die Hauptrolle. Aber der sogenannte Traumzustand spielt wieder in unsrem Leben die Hauptrolle; der wachende Zustand, in dem nur Auge und Ohr in Gedankentätigkeit befindlich sind, könnte beinahe als Ausnahmezustand betrachtet werden. Sie werden mir das, Herr Bartmann, schnell unterschreiben, wenn Sie eingesehen haben, dass das, was Sie hinter jedem Augeneindruck suchen – eigentlich nur auf die Fixierung der unbewussten Geruchs-Geschmacks-Gefühlsempfindungen ausgeht. Die unbewusste Verknüpfung dieser Empfindungen sowohl untereinander wie auch mit dem Augeneindruck – macht diesen intim. Die sogenannte Gehirntätigkeit, die von den andern Sinnen ausgeht, macht die bewusste Tätigkeit des Auges erst interessant, bedeutsam, reich, geheimnisvoll, großartig, intensiv und glitzernd. Und somit wissen Sie jetzt, Herr Bartmann, was Sie eigentlich wollen und suchen: Die Mittätigkeit der andern Sinne wollen Sie ins Bewusste hinaufziehen.«

43. Der Nachthimmel

Dem Herrn Bartmann fiel's plötzlich wie Schuppen von den Augen; der Astronom Haberland kam ihm wie ein Erlöser vor. Und es währte lange, bis sich die Natur des Herrn Bartmann wieder konzentriert hatte; er kam sich so aufgelöst vor – er verglich sich mit einem Knoten, der von der Hand eines Zauberers ganz leicht auseinandergelöst wurde und nun als einfaches schlappes Tau daliegen muss und für andre kein weiteres Interesse bietet.

Und der sonst so stolze Kaiser Philander verlor in ein paar Stunden sein ganzes Selbstbewusstsein, dass er dem Herrn Haberland mit einer Demut und Ehrfurcht begegnete, die etwas Kindliches hatte und sehr fein berührte.

Und so gingen die beiden Herren eines Abends im Schnee auf dem großen Balkon lebhaft gestikulierend auf und ab; sie hatten dicke Pelze und Pelzhandschuhe an und achteten nicht auf die rot glühenden Schneekuppen der großen Berge ringsum und auch nicht auf die Sterne des Himmels, die nacheinander sichtbar wurden und mächtig funkelten.

»Es handelt sich«, meinte Herr Haberland, »sicherlich immer wieder darum, die unbewussten Empfindungen und Vorstellungsverknüpfungen, die wir auch als Gedankenoperationen bezeichnen müssen, ins bewusste Augen- und Ohrenleben hineinzuziehen; wir müssen uns eben bemühen, immer mehr zu erwachen – um das aber zu können, müssen wir immer lebhafter die Traumzustände und die Tätigkeit der Sinne, die nicht Auge und Ohr sind, aus dem Dunkel der Nacht in die helle Beleuchtung rücken.«

Jetzt funkelte der Nachthimmel ganz hell, und die roten Gluten in den Berggipfeln wurden dunkler und dunkler, und der Herr Bartmann erwiderte erregt:

»Das ist die Beleuchtung dessen, was ich erstrebte; ich habe immer in unsicheren Konturen gefühlt, dass wir hinter die Sinneseindrücke kommen müssten; ich meinte natürlich nur: hinter die Augeneindrücke; die Ohreindrücke beachtete ich noch gar nicht. Sie haben mir, Herr Haberland, das Allerwichtigste in meinem Leben gesagt; ich glaube tatsächlich, dass zunächst die Tätigkeit der anderen Sinne dem Augeneindruck einen Hintergrund gibt. Jawohl! Jawohl! Was für uns hinter dem einfachen Augeneindruck lauert – das sind immer die anderen Sinnesvorstellungen, die bei dem Augeneindruck mittätig sind, ohne dass wir ihre Mittätigkeit genau kontrollieren können. Aber nun die anderen Sinne! Glauben Sie nicht, dass wir noch andre Sinne haben können, von deren Dasein wir vorläufig noch keine genauere Vorstellung besitzen?«

Der Nachthimmel leuchtete, und der Herr Haberland erwiderte sehr schnell:

»Sie gehen zu schnell vor! Sie dürfen nicht vergessen, dass es die Idee unsres Schöpfers sein kann, uns allmählich immer wacher zu machen – aber nur allmählich – allmählich – damit wir auch Zeit haben, den ganzen Vorstellungsrausch, den uns das Weltleben bieten kann, in uns aufzunehmen. Es gehört was dazu, Herr Bartmann. Es wäre doch schlimm, wenn alles so ohne Mühe ins bewusste kleine Augenleben umgesetzt werden könnte – wenn alles so leicht kontrollierbar wäre – das würde uns doch keine Vorstellung von der Grandiosität des uns sich nähernden Weltlebens bieten.«

»Schon richtig«, erwiderte Herr Bartmann, »aber springen wir doch einmal. Gibt es im Traumzustande unbewusstes Weiterarbeiten der

Sonne, so gibt es vielleicht im Todeszustande auch ein unbewusstes Weiterarbeiten der Sinne. Und vielleicht haben wir mal alle unsre Todeszustande ebenso gut in das Tageslicht des kleinen Auges hinüberzuziehen wie unsre Traumzustände. Können Sie sich unkontrollierbare Vorstellungsverknüpfungen im Todeszustande denken? Können Sie glauben, dass die Leiche eigentlich noch weiter lebt – ein anderes Leben?«

Die Sterne funkelten hoch über den beiden Herren, die mit ihren Pelzstiefeln durch den hohen Schnee stampften und sich dabei die Hände in den Pelzhandschuhen rieben, da es sehr kalt war. Und Herr Haberland sagte leise:

»Wie die Sterne leben, wissen wir auch nicht ordentlich. Aber dass sie leben, ist uns nicht zweifelhaft. O ja! Der Traumzustand, in dem wir uns befinden, ist für uns richtunggebend – das Leichenleben wird ein ähnliches sein wie das Leben im Traumzustande – ein entfernt ähnliches. Ich glaube, wir werden bald überzeugt sein, dass wir früher schon sehr oft gestorben sind. Ich glaube an eine Materialisation unsres Geistes – der könnte doch eine Ätherkomposition sein, die wir vorläufig mikroskopisch noch nicht wahrzunehmen vermögen. Manche Sterne kommen uns auch wie Leichen vor – wie Knochengerippe – und es ist doch nicht anzunehmen, dass sie tot sind. Ich glaube überhaupt nicht an den Tod.«

Da stürzten dem Herrn Bartmann die Tränen aus den Augen und froren auf der Backe an.

Herr Haberland aber fuhr fort:

»Sehen Sie bloß, wie prächtig über uns die Sterne funkeln und blitzen! Was die erst im Traumzustande und im sogenannten Todeszustande erleben müssen! Aber seien wir nicht neidisch! Wir können wahrlich schon genug mit unsern Sinnen empfinden – wachend sowohl – wie träumend. Jawohl! Wir müssen immer weiter aufwachen. Wir müssen auch das Totsein dem Lebendsein immer mehr zu nähern suchen. Vielleicht entdecken wir in uns noch Dinge, die wir in früheren Todeszuständen in uns aufgenommen haben – und vermögen sie, unserm Augen- und Ohrleben anzupassen. Oh, wir können tatsächlich noch viel lebendiger werden – dazu brauchen wir noch gar nicht einmal neue Sinne in uns zu entdecken. Es lässt sich doch alles Mögliche für jeden Sinn vernehmlich gestalten. Was da ist, lässt sich auch für jeden

Sinn empfindbar machen. Wenigstens sollte man's meinen. Dass das nicht so schnell geht, ist ganz vortrefflich – denn wir haben schon genug des Feinen, wenn wir nur Auge und Ohr genügend schärfen und die anderen Sinne nicht vergessen.«

»Könnten Sie«, bemerkte da Herr Bartmann, »wohl annehmen, dass diejenigen Leute, die sich nicht bemühen, aus ihrem Leben die denkbar größte Fülle eines sogenannten Weltlebens herauszuziehen – dass diejenigen Leute, die zu faul sind dazu, durch längere Todeszustände bestraft werden könnten – oder überhaupt von jedem ferneren Erwachen ausgeschlossen werden könnten?«

»Von jedem nicht«, versetzte Herr Haberland, »denn der Geist, der uns schuf und uns sicherlich immerzu führt, hat ganz bestimmt keine kleinlichen rachsüchtigen Gedanken. Er straft nur, wenn wir ihn nicht empfinden, durch trübe Stimmungen. Aber diese trüben Stimmungen sollen uns nur wieder veranlassen, seine Nähe zu suchen.«

»Also«, rief nun der Herr Bartmann, »ist es jedenfalls ganz richtig von mir gewesen, wenn ich immer sagte, man müsse das Leben überall heftiger sehen; ich wollte ja nur populär ausdrücken, dass wir immer wacher – immer wacher leben sollten.«

»Ja«, versetzte Herr Haberland, »nun stellen Sie sich aber vor, was mir eben einfällt: Sie müssten zu dem Kaiser Philander nach Schilda fahren und ihn wacher machen. Der Kaiser müsste für Ihren Belebungsplan gewonnen werden; er müsste, so wie Sie, Herr Bartmann, überall herumfahren und den Leuten klarmachen, dass sie zu viel schlafen und zu wenig dabei die Traumzustände ins wache Augenleben übersetzen. Und sie müssten dem Kaiser Philander sagen: So schlaf doch nicht hier in Schilda – der große Sumpf an der Sturmküste ist in Bewegung. Wer weiß, was daraus wird! Schlaf nicht, Kaiser! Jetzt kannst du zeigen, dass du nicht bloß zum Spaße Kaiser genannt wirst. Jetzt kannst du zeigen, dass du ein Führer der Geister bist – ein Gedankenleser! Einer, der auch des Volkes Gedanken lenkt – so ähnlich wie's der große Geist tut, den wir Volksgeist nennen und als Gott verehren.«

Herr Bartmann blieb stehen. Die Sterne funkelten. Herr Haberland blieb auch stehen, und dann sagte der Herr Bartmann ganz leise und sich scheu umblickend:

»Kann uns hier niemand hören? Können Sie mir schwören, über das, was ich Ihnen jetzt anvertrauen will, zu schweigen – unter allen Umständen?«

»Ich schwör's!«, gab Herr Haberland leise zurück.

»Ich bin«, erwiderte da der Herr Bartmann noch leiser als vorhin, »selber der Kaiser Philander. Aber Sie dürfen's keinem sagen. In Schilda sitzt der Flugtechniker Sebastian und tut so, als wäre er Philander. Der Sebastian schweigt auch, und außer uns Dreien weiß keiner von dieser Geschichte.«

Der Herr Haberland machte große Augen, sah den Kaiser fest an, reichte ihm die Hand und sagte einfach:

»Das freut mich! Das ist kaiserliche Art! So hätt ich's an Ihrer Stelle auch gemacht.«

Die Herren schüttelten sich die Hände in den Fausthandschuhen, und ein Unterbeamter steckte den Kopf zu einem naheliegenden Fenster hinaus und rief:

»Meine Herren, es sind 45 Grad Kälte! Sie müssen hereinkommen, sonst passiert Ihnen was.«

»Kommen Sie nach Ulaleipu?«, fragte der Kaiser.

Aber der Herr Haberland schüttelte den Kopf und sagte leise:

»Ich bin hier dem Nachthimmel so nahe. Ich möchte nicht – wirklich nicht.«

Da gingen die beiden Herren Arm in Arm in die warmen Stuben hinein.

44. Die beiden Frauen

Die Kaiserin Caecilie empfing die Frau Lotte Wiedewitt, die als Gemahlin des stellvertretenden Kaisers sehr feierlich in Ulaleipu aufgenommen wurde, in ihrem Pelzzimmer. Und die beiden Frauen verstanden sich gleich so gut, dass der ganze Hofstaat der Kaiserin in ein großes Erstaunen geriet.

Und die Frau Caecilie sprach sehr bald mit der Frau Lotte über die Kinder, die beiden Frauen hatten beide keine Kinder, und das kam den beiden sehr drollig vor.

Somit erschien es ganz natürlich, dass die Frau Caecilie mit der Frau Lotte sehr bald in die sieben großen Säle ging, in der die Kaiserin Kinderspielzeug gesammelt hatte.

Da war die Lotte Wiedewitt ganz überrascht von all dem Reichtum; da gab es unzählige Dampfschiffe und Luftschiffe, elektrisch betriebene Fabriken, große Bahnzüge, Theater, Bergwerke und illuminierte Parkanlagen – Alles im kleinsten Maßstabe. Und auch große Bauwerke in größerem Maßstabe – und besonders einige Puppengalerien.

Und die Lotte hatte gleich eine Reihe von Vorschlägen für neues Spielzeug, und die Frau Caecilie ging auf alle Vorschläge der Lotte ein, sodass die Kammerfrauen gleich am ersten Tage viele neue Dinge bestellen mussten.

Danach waren denn die beiden Frauen täglich in ihren Spielzeugsälen und vergaßen dabei die Angelegenheiten des Reiches ganz und gar, als wäre das gar nicht vorhanden.

45. Die Literaturzentrale

Auf Veranlassung des Herrn Haberland begab sich der Herr Bartmann in die Grottenschlucht, allwo die Literaturzentrale des Kaiserreichs residierte.

Und die Anschauungen der Herren Bartmann und Haberland fanden dort großen Anklang; die Gedankentätigkeit der andern menschlichen Sinne, die nicht mit Auge und Ohr operierten, wurden in der Literaturzentrale gleich sehr lebhaft beleuchtet; in ein paar Tagen waren ein paar Dutzend neue Bücher erschienen, die dem Thema alle möglichen Seiten abgewannen.

Der Herr Bartmann wurde jetzt so berühmt, dass er täglich gute drei Stunden mit seiner Korrespondenz zu tun hatte.

Und es war sehr merkwürdig, dass dem Herrn Bartmann ein so großes Interesse entgegengebracht wurde, da eine Flut von Broschüren und Büchern, die die Ereignisse an der Sturmküste behandelten, gleichzeitig herauskam.

Ganz Utopia kam immer mehr in Erregung, der Herr Bartmann hatte keine Veranlassung, sich über die Schlafmützigkeit der Utopianer zu beklagen; die sprachen jetzt sämtlich über die Untergründe der Erscheinungswelt so viel, dass es dem Herrn Bartmann oft ganz komisch vorkam. Aber der Herr Haberland schrieb:

»Die Naturereignisse, Herr Bartmann, kommen Ihren Bestrebungen so heftig entgegen, dass Sie sich recht zusammennehmen müssen.«

Und dieser Ermahnung war ganz am Platze, denn es passierte noch mehr.

46. Die Irrlichter

Brodeln tat's im bewegten Sumpf, und bunt schillernde Blasen bildeten sich, und die wurden ganz groß, und wenn sie mit lautem Knall platzten, dann schossen grüne und blaue Flammenkegel heraus, die sich oben verästelten und wie Blitze auseinanderfuhren.

Und diese Flammenspiele wiederholten sich und wurden immer häufiger, und die Flammen wurden immer bunter; sie nahmen auch immer wieder andere Formen an – die Kegel sahen bald wie dicke Baumstämme und auch wie große fantastische Blumen aus.

Und des Nachts hüpften die Flammen wie Irrlichter auf dem Sumpfe herum.

Und dann erhielten die Flammen feste Formen, die auch am Tage sichtbar blieben.

Den Beobachtern an der Sturmküste kam's oft so vor, als schwebten bunte Geistergestalten über dem Sumpfe, und es gab bald sehr viele Beobachter, die menschenähnliche Köpfe an den Flammen beobachtet haben wollten; doch die fotografischen Aufnahmen zeigten nichts Deutliches, Köpfe ließen sich nicht erkennen.

Nach einigen Tagen aber erhoben sich sehr viele Flammen zu ganz ungewöhnlicher Höhe, und oben zergingen sie nicht, sie blieben in der Luft und schwebten höher.

Ein merkwürdiger scharfer Geruch ging von den Flammen aus, der Geruch ließ sich mit andern Gerüchen gar nicht vergleichen, und man stritt sich bald lebhaft darüber, ob dieser Geruch mehr Wohlgeruch oder das Gegenteil sei; jedenfalls ließ sich der Geruch nicht lange ertragen, und die Beobachter mussten sich die Nase verbinden.

Dabei wurden die Farbenpracht und die Fülle der Formen immer reichhaltiger, und nachts ging von den Irrlichtern oft ein so intensiver

Glanz aus, dass die Augen der Beobachter für Minuten der Sehkraft beraubt wurden, sodass man sich allgemein der verschiedensten Schutzbrillen bediente.

47. Die ratlose Wissenschaft

Selbstverständlich versammelten sich sofort nach Bekanntwerden des neuen Phänomens sämtliche Chemiker und sämtliche Naturwissenschaftler an der Sturmküste und beobachteten.

Aber sie konnten alle nicht klug werden aus diesen Irrlichtern; so was war noch niemals dagewesen im Lande Utopia.

Die Künstler und die Dichter, die natürlich auch von dem unnatürlichen Schauspiele angelockt wurden, freuten sich nur über die großartige Formen- und Farbenpracht, und wenn man des Nachts auf den Balkons der Logierhäuser zusammensaß, so kam es immer häufiger vor, dass man sich über die Naturwissenschaftler lustig machte, die einfach ratlos dem neuen Lichtphänomen gegenüberstanden und gar kein vernünftiges Wort der Erklärung zu finden vermochten.

»Es sind Geister!«, sagten bald sehr viele Utopianer.

Doch davon wollten die Wissenschaftler nichts hören.

48. Die Entdeckung des Herrn Schlackenborg

Der Herr Schlackenborg, der Führer des Sebastianischen Luftwagens, hatte sich anfänglich nicht bewegen lassen, in der Nähe der Sturmküste zu fahren, und auch die andern Luftschiffe blieben weitab, da man neue Stürme mehr denn je zu fürchten begann.

Doch eines Nachts vermochte doch der Herr Bartmann seinen Steuermann, der Sturmküste etwas näher als sonst zu kommen.

Herr Bartmann und Herr Schlackenborg saßen im Luftschiffe zusammen und befanden sich gute zehn Meilen von der Sturmküste entfernt über dem Festlande; die Sterne funkelten heftig, und der Vollmond stand dicht über dem Meereshorizont ganz dunkelrot.

Da sahen die Luftfahrer plötzlich eine Reihe blauer Flammen – ungefähr acht bis zehn – wie blaue Fahnen, die im Sturme flattern und knattern, grade auf das Sebastianische Luftschiff zufliegen.

Herr Schlackenborg sah nach dem Kompass – und siehe – die Nadel drehte sich plötzlich im Kreise – immer schneller – und das Luftfahrzeug fuhr trotz aller Steuer und obgleich es ganz windstill war, plötzlich mit einem Ruck seitwärts – und dann Zickzack, dass der Herr Schlackenborg sofort Befehl geben musste, das Fahrzeug in die Tiefe zu bringen und unten die Berührung mit dem festen Boden zu suchen.

Als nun der Luftwagen mit seinen langen Beinen wieder auf der Erde stand, atmeten die drei Maschinisten erleichtert auf und wischten sich den Schweiß von der Stirn; so was war ihnen noch nicht vorgekommen.

Herr Bartmann war weniger erstaunt, da er sich bereits so an übernatürliche Dinge gewöhnt hatte, dass ihn das Ereignis gar nicht aus der Fassung brachte.

»Sie sehen«, sagte er zu Herrn Schlackenborg, »was alles hinter der uns sichtbaren Erscheinungswelt vorgeht. Welches Leben! Welches rasende großartige Leben! Ich freue mich, dass es den Utopianern jetzt endlich klar wird, was alles hinter unsrer Erscheinungswelt lebt und sich bewegt und immer wieder neue Kräfte zeigt. Mich bringt das Neue nicht aus der Fassung, ich bin darauf vorbereitet gewesen und freue mich, dass es endlich so augenfällig wurde – nicht meinetwegen, aber der Utopianer wegen – denn für mich würden all diese Lichterscheinungen auch da sein, wenn sie auch nicht sichtbar würden.«

Die Maschinisten sagten Gar nichts, aber sie telegrafierten das, was sie entdeckt, an die wissenschaftlichen Institute.

Und drei Stunden später waren alle Luftfahrer gewarnt.

49. Die Experimente

Jetzt ging's natürlich in den Kreisen der Wissenschaft sehr lebhaft zu; sofort wurden über der Sturmküste Fesselballons aufgelassen – anfänglich nur mit Kaninchen und Registrierapparaten bemannt – später erst wagten sich die Gelehrten selber in die Ballons.

Und da wurde denn alles studiert; und die Experimente folgten einander in unsäglicher Hast – und die Entdeckungen ebenfalls; die Physiker und Chemiker gerieten ganz aus dem Häuschen ob all der neuen Wunder.

Und die Literaturzentrale gab ganze Serien neuer Bücher heraus, die alle das Irrlichterphänomen behandelten; und der Laie konnte nicht mehr folgen – es war zu viel auf einmal.

50. Die Veränderung der Irrlichter

Die physikalischen und chemischen Experimente und Entdeckungen wurden aber sehr bald in den Hintergrund gedrängt, als man sah, dass die Irrlichter, die man jetzt im Himmel an verschiedenen Punkten über dem utopianischen Festlande beobachtete – als man sah, dass diese Irrlichter ihre Gestalt ganz wesentlich veränderten und mehr strahlenförmige Auswüchse erhielten.

Diese strahlenförmigen Auswüchse hatten die Helligkeit großer Scheinwerfer, die sich lebhaft bewegten und die Fesselballons mit kolossaler Gewalt seitwärts warfen, sodass mehrere von ihren Stricken losgerissen wurden – und die Gelehrten nur mit Gefahr ihres Lebens den Erdboden erreichten.

51. Die neuen Kometen

Gleichzeitig wurden auf verschiedenen Sternwarten eine ganze Reihe neuer Kometen entdeckt.

Die Entdeckung wirkte auf die Bewohner des Kaiserreichs einfach unheimlich; man sah nachts alle Utopianer fortwährend den Himmel mit dem Fernrohre beobachten.

Dann aber wurde von allen Seiten konstatiert, dass die neuen Kometen gar nicht Kometen sein könnten, da ihre Bewegung am Himmel eine allzu schnelle war.

Und dann entdeckte man, dass die Irrlichter schon in der Nähe des Erdbodens Kometenform annahmen.

Und da war's denn klar, dass die neuen Kometen Erscheinungen der Erdatmosphäre vorstellten – Irrlichter waren.

Aber der Nachthimmel sah nun einfach großartig aus.

52. Die Volksangst

Die neuen Kometen, die mit den neuen Irrlichtern identisch waren, machten nun das nächtliche Himmelsbild außerordentlich reich und glänzend – vornehmlich auch durch die Farbenpracht – und dann durch die stete Veränderlichkeit der Formen.

Dieses verhinderte aber nicht, dass sich des ganzen Volkes eine ungeheure Angst bemächtigte; viele Utopianer verfielen in ein heftiges Nervenfieber.

Es waren nur wenige, die ihre kalte Ruhe und Besonnenheit bewahrten – und zu diesen gehörte neben sorglosen Dichtern und Künstlern natürlich in erster Reihe der Herr Bartmann, was seinen Namen jetzt so bekannt machte, dass bald jeder mit den Bartmannschen Ansichten über die Erscheinungswelt vertraut wurde.

53. Der zornige Bartmann

Mit dem leeren Namen und dem fruchtlosen Ruhme war aber der Herr Bartmann keineswegs zufrieden; er wetterte gegen die Volksangst in einer sehr wilden und heftigen Form.

»Zeichen vom Himmel«, schrieb er, »flammen auf, um die faulen Utopianer endlich aus ihrer Ruhe herauszutreiben – und da packt den Utopianer die Angst? Auf den Knien sollte er dem Geiste, der uns führt, danken, dass er uns ganz augenfällig die unerschöpfliche Lebensfülle der Welt offenbart. Sieht der Utopianer nicht, dass der Himmel und das Meer eine gewaltige Sprache zur Verfügung haben? Und sieht der Utopianer nicht, dass Himmel und Meer zu uns, den Utopianern, sprechen? Ist es da an der Zeit, wie Kinder ängstlich zu werden? Wahrlich – alle Bequemlichkeitseinrichtungen und alle Gerechtigkeitseinrichtungen sind viel zu schade für den Utopianer – der sollte wieder von Not und Unterdrückung gepiesackt werden, damit seine Lebensgeister wieder aufflammen können – wie die Irrlichter im Meeressumpf. Der Kaiser von Utopia sollte zum Tyrannen werden – und Waffen sollten wieder getragen werden – wie einst vor Jahrtausenden im barbarischen Zeitalter. Damals war's besser um uns bestellt – es war durch Hunger, Krankheit und Ungerechtigkeit dafür gesorgt, dass der Mensch nicht schlaff wurde. Unsre guten und angenehmen Zeiten sind zu früh gekommen. Utopia steckt noch in den Kinderschuhen und sollte mit harter Rute erzogen werden. Ist es etwa nicht das Zeichen eines kindischen Gemütes – wenn man Angst hat – vor der großen Natur? Und wenn die Irrlichter strafende Geister sind – weswegen können sie strafen? Doch nur unsrer Faulheit wegen können wir gestraft werden, damit wir ein gewaltigeres Leben führen – ein Leben, wie es einem reifen Volke geziemt. Auspeitschen sollte man den erwachsenen Leuten die alberne Kinderangst ...«

In dem Tone ging's immer weiter – und auch mündlich überall – Bartmann war zornig – und viele Utopianer gaben ihm recht – seine Worte schlugen ein wie Blitze.

54. Die Natur der neuen Kometen

Die Gelehrten erklärten allerdings den heiligen Eifer des Herrn Bartmanns für sehr unnütz; sie sagten, es wäre nicht nötig, dass jetzt auch noch die Worte wie Blitze wirkten – die neuen Kometen wirkten ja schon wie Blitze – teilten elektrische Schläge aus, entzündeten Fesselballons, erzeugten starke Gewitter, veränderten die Luft, erregten das Gemüt und brachten die gesamten Utopianer in eine so nervöse Stimmung, dass es einfach frevelhaft erscheinen müsste, jetzt grade noch immer die geistige Trägheit der Utopianer zur Zielscheibe des Witzes und des – Zornes zu machen.

Bartmanns Zorn erschien den Gelehrten sehr unpassend, und sie machten bald mit Erfolg Stimmung gegen diesen Zorn.

55. Schilda

Als der Herr Sebastian von dem Bartmannschen Zorne hörte, musste er laut auflachen.

»Also dieser Herr Bartmann«, sagte er im goldenen Schwan am Stammtisch, »erlaubt sich, auf den Kaiser von Utopia zu schimpfen? Der Kaiser von Utopia soll ein Tyrann werden – grade jetzt, wo wir augenscheinlich nahe daran sind, von überirdischen geisterhaften Kometen und Irrlichtern tyrannisiert zu werden? Wir müssen zeigen, dass noch ein Schilda existiert; arrangieren wir sofort ein lächerliches Tyrannenfest.«

Und das geschah, und der Herr Sebastian präsidierte diesem Feste in so lächerlicher Weise, dass nicht bloß Schilda – nein – dass ganz Utopia furchtbar lachen musste; echte Soldaten mit Holzsäbeln, Polizisten mit Operngguckern, Scharfrichter in roten Gewändern und Zuchthäuser mit Gitterfenstern wurden vorgeführt – selbst pompöse Hinrichtungen ließ der Herr Sebastian aufführen.

56. Ulaleipu

Der Staatsrat machte ein ganz verdutztes Gesicht, als er von diesem Schildaer Tyrannenfest hörte.

Aber man lachte.

Und es erschienen verschiedene Bücher, die das Tyrannenfest des Kaisers Philander über Gebühr verherrlichten; da musste auch der Herr Bartmann lachen – die Komödie war wirklich komisch.

»Ich schimpfe auf mich selbst«, sagte der Herr Bartmann ganz leise, dass es niemand hörte, »und dafür macht man sich über mich lustig – und deswegen werde ich verherrlicht. Das ist auch eine Komödie des Ruhmes. Wer die schreiben könnte! Jetzt heißt es aber: still sein!«

Frau Caecilie schüttelte aber in Ulaleipu sehr heftig mit dem Kopfe und erklärte der Lotte:

»Du, die Geschichte geht nicht mit rechten Dingen zu – hier haben wirkliche Geister ihre Hand im Spiel.«

Die Lotte fragte: »Warum?«

Aber die Frau Caecilie schwenkte ab und sprach nur noch von den Kometen; denken tat sie aber ganz was andres.

Die Bewohner von Ulaleipu fanden jedoch das Schildaer Tyrannenfest so lustig, dass sie beschlossen, auch ein Tyrannenfest zu feiern, um die Volksangst zu zerstreuen.

Und man bereitete alles sehr lustig zu dem Tyrannenfeste vor, sodass es wirklich köstlich zu werden versprach.

Der Kaiser Moritz übernahm feierlich das Präsidium in dem Vergnügungskomitee und zeigte sich plötzlich so lebhaft bei der ganzen Spaßarie, dass viele sagten:

»Kaiser Moritz lebt auf – dem hat der Spaß gefehlt.«

57. Der betrunkene Bartmann

Als der Herr Bartmann nun auch von dem Tyrannenscherz in Ulaleipu vernahm, da fuhr er mit einem elektrischen Wagen in die Grottenschlucht, allwo die Literaturzentrale in fieberhafter Tätigkeit an allen möglichen ernsten und weniger ernsten Werken arbeitete.

Und in der Grottenschlucht arrangierte der Herr Bartmann »ein Auferstehungsfest des Volkes«.

Und auf diesem Feste erkannten den Herrn Bartmann seine Freunde gar nicht wieder – er trank furchtbar viel Bier und war bald schrecklich betrunken und sagte immer wieder:

»Mein liebes Volk! Mein gutes Volk! Komm wieder in meine Arme! Ich habe dir weh getan! Verzeih!«

Alle hielten das für einen ausgezeichneten Witz; nur der Astronom Haberland, der auch das Fest mitmachte, wurde tiefernst und brachte bald den Kaiser fort und war sehr besorgt um ihn.

58. Die bunte Krankheit

Doch mitten in all diesen Scherz kam plötzlich ein furchtbarer Ernst hinein: An der Sturmküste erkrankten plötzlich in einer Nacht über dreihundert Personen.

Und diese Krankheit war unheimlich: Der ganze Körper wurde ganz bunt und fing an zu opalisieren.

Und mit blitzartiger Schnelligkeit verbreitete sich die Krankheit über das ganze Reich; die Kranken lagen reglos da mit lächelndem Gesicht, und dabei spielte ihr Körper in tausend Farben, als wollte er zu einem Irrlicht werden.

59. Die Ärzte

Die Ärzte erklärten sämtlich einstimmig, dass diese Krankheit mit dem Meeressumpf und den Irrlichtern zusammenhängen müsse.

Und das erschien allen sehr natürlich, da die bunte Haut der Kranken sehr bald zu leuchten begann.

Die Kranken lächelten nur und erklärten immer wieder, dass sie sich sehr wohl befänden, konnten aber kein Glied bewegen und nahmen auch garkeine Nahrung zu sich.

Die Festesfreude in Utopia verstummte plötzlich; jeder sah mit entsetzten Augen seinen Nächsten an und fürchtete immer, dass er bunt werden würde.

Die Ärzte isolierten die Kranken, aber sie erklärten auch gleich:

»Eigentlich hat das garkeinen Zweck.«

»Was kommt jetzt?«

Das fragten jetzt alle Utopianer täglich hundert Mal.

60. Das neue Delirium

Das Lächeln der Kranken machte nach einigen Tagen einen furchtbaren Eindruck – es war so, als erstarrte das Lächeln. Und dabei sprachen die Kranken ganz ruhig von der Herrlichkeit des Sterbens.

Ein alter Botaniker sagte, während sein Gesicht das erstarrte Lächeln zeigte und seine ganze Körperhaut in blauen, roten und grünen Farben leuchtete und flimmerte:

»Das hätte ich doch nie geglaubt. Ich fühle, dass ich sterbe. Und ich fühle, dass ich so glücklich bin – wie ich's noch niemals war. Es geht die ganze Welt mit mir zusammen. Große Wolken schaukeln mich und umhüllen mich. Ich versinke und sehe unendliche weiche Räume mit stillen Rauchstreifen, die sich um meinen Hals winden. Das Sterben ist herrlicher als alles Leben. Ich will sterben und mich auflösen und fortschweben und vergehen. Es ist nicht zu beschreiben. Aber es wird immer köstlicher. Alles wird so weich und warm. Ich versinke. Es verschwimmt alles. Ich sehe nicht mehr. Ich fühle nur – so als wenn die ganze Welt mich leise zusammendrückte. Ein Duft von sterbenden Blüten! Und es geht in meinen Hals, und ich schmeck's mit meinem ganzen Innern. Jetzt steige ich auf – wie Rauch – zu den Wolken. Und nun langsam fallend seitwärts in immer wärmere Welten – die seh ich glühen und brennen. Ich verbrenne. Unbeschreiblich! Köstlich! Das Sterben ist es wert, dass man gelebt hat. Ich sterbe.«

Der Kranke starb aber noch nicht, dafür wiederholte er in ermüdender Eintönigkeit immerfort diese Reden von der Herrlichkeit des Sterbens.

Und die anderen Kranken sprachen ein Ähnliches.

Und die Ärzte sagten kopfschüttelnd:

»Das ist das neue Delirium.«

61. Die Sprache der Natur

Der Herr Bartmann hatte auch in heftigsten Ausdrücken erklärt, dass die bunte Krankheit ebenfalls eine wilde großartige Sprache der Natur sei; die uns sagen wolle, dass wir das Leben – das großartige Weltleben – schärfer ins Auge fassen müssten.

Als nun die Deliriumsfantasien bekannt wurden, wandten sich die Ärzte und Gelehrten an den Herrn Bartmann mit lächelnden Mienen und baten ihn, seine Meinung zu sagen – ob die Sprache der Kranken auch eine Sprache der Natur sei.

Und als nun der Herr Bartmann die Deliriumsreden der Kranken mit eigenen Ohren hörte, ward er ganz verwirrt und sprach unzusammenhängende Worte.

Da fürchteten die Ärzte für den Verstand des Herrn Bartmann und ließen ihn nicht mehr in die Krankenzimmer hineinkommen.

62. Der rasende Bartmann in Schilda

Danach aber erschien der Herr Bartmann plötzlich in einem langen weißen Gewande, das hinten eine lange weiße Schleppe hatte, auf dem großen Markte zu Schilda und bestieg dort eine große Teertonne und hielt eine Rede an die Schildbürger, die sich grade zum Ratshause begeben wollten und nun natürlich vor der Teertonne stille standen.

Auf dem Haupte trug der Herr Bartmann einen Kranz von taubeneigroßen Rubinen, die mächtig funkelten, und er sprach mit donnernder Stimme:

»Ganz Utopia versteht mich nicht; Ihr aber, werte Bürgersleute von Schilda, Ihr werdet mich verstehen, obgleich man Euch für Narren hält. Mich hält man auch für einen Narren, und das hat mir auch noch nichts geschadet. Aber weil man mich für einen Narren hält, so will ich auch wie ein Narr zu Euch Narren ein Narrenwort reden. Die Zeiten sind ernst, und daher sind wir lustig.«

Da lachten die Schildbürger, der Ton war ihnen vertraut; aber die Stimme des Kaisers erkannten sie nicht wieder, da er mit einem Stimmverstärker sprach; Bartmann fuhr nun fort:

»Die bunte Krankheit ist doch die gewaltigste Stimme der Natur, die uns sagen will, dass wir leben sollen – immer mehr und heftiger leben sollen – immer lustiger und großartiger leben sollen – ein Weltleben – das große, kräftige Leben der Natur – des großen Geistes, der uns führt. Und wenn diese verdammten Kranken vom Sterben so sprechen, als wär's viel herrlicher als alles Leben – merkt Ihr da nicht, dass da die Natur durch die Kranken eine Hohnsprache zu uns spricht? Wenn die Kranken das Sterben preisen wollen, so müssen sie doch erst gestorben sein. Sie sprechen aber vom Sterben, während sie noch leben – also sprechen sie von einem großen Lebenszustande und nicht von einem Sterbenszustande – denn den kennen sie ja doch noch gar nicht.«

Da lachten die Schildbürger abermals und klatschten Beifall mit den Händen, und der Herr Bartmann berührte mit dem rechten Zeigefinger seine Nasenspitze und lächelte – und sprang dann von der Tonne herunter – und ließ zum Tanze aufspielen – und tanzte mit den Frauen der Schildbürger wie ein Rasender und erklärte, dass die Kranken das

Delirium hätten – das neue Delirium – und dass ihre Reden voll Hohn seien – damit die Utopianer endlich aufgerüttelt würden – zum neuen strahlenden Weltleben – deshalb seien auch die neuen Kometen so hell strahlend.

Es war währenddem Abend geworden – und siehe – unter Fackelbeleuchtung wurde plötzlich die Leiche des Herrn von Moellerkuchen vorübergetragen – und neben der Leiche schritt würdig im langen weißen Bart der Herr Sebastian als Bürgermeister.

Alles verstummte; die Leiche wurde mitten auf dem Markte enthüllt – und da sahen die Schildbürger mit Entsetzen, dass sich die Glieder der Leiche bewegten und überall große Blasen und astartige Gewächse herauswuchsen.

Und der Herr Sebastian sagte:

»Der Herr Bartmann hat recht. Selbst die Leichen leben. Geht nach Hause und lebt auch. Die Sprache der Natur wird immer deutlicher.«

Da rannten alle fort.

Aber der Herr Bartmann sprang wie ein Rasender um die Leiche herum und wollte ihre beweglichen Teile küssen.

Doch die Fackelträger drängten den Herrn Bartmann zurück, und der Herr Sebastian flüsterte dem Herrn Bartmann ins Ohr:

»Verlassen Sie Schilda und gehen Sie nach Ulaleipu – dort sind Sie am richtigen Platze – nicht hier.«

Der Kaiser von Utopia sah seinen Doppelgänger verblüfft an, aber er verließ die Stadt Schilda noch am selbigen Abend.

63. Die Todessehnsucht in ganz Utopia

Mit Blitzesschnelle hatte sich nun das, was sich in Schilda mit dem toten Körper des Herrn von Moellerkuchen zugetragen hatte, in ganz Utopia verbreitet.

Und die alten Leute sagten:

»Sollen wir denn täglich etwas Unerwartetes vernehmen? Wir kommen ja ganz aus der Fassung. Jetzt könnte man bald glauben, dass die Toten auferstehen.«

Und es ward allen unheimlich zumute.

Gleichzeitig hatten aber die Gesunden die merkwürdige Neigung, auch krank zu werden.

Nachts gingen viele Utopianer in die Leichenhallen und berührten die grässlichen astartigen Bildungen, die bis zu Meterhöhe aus den toten Körpern herauswuchsen und bunt leuchteten, als wäre ein anderes neues Leben darin. Die Utopianer wollten bald alle die bunte Krankheit haben – aber glücklicherweise übertrug sie sich nicht so einfach wie andre pestartige Erkrankungen; es wurden grade nur die krank, die am wenigsten daran gedacht hatten.

Doch die Todessehnsucht packte so viele Utopianer, dass viele Selbstmorde vorkamen.

Da wetterte der Herr Bartmann in allen Städten des Reiches gegen das Sterbenwollen so heftig, dass der Staatsrat in Ulaleipu beschloss, Herrn Bartmann zu einer größeren Tätigkeit aufzufordern.

64. Der energische Staatsrat

Der Herr Bartmann sollte im Auftrage der Regierung Leute um sich versammeln, die imstande wären, durch lustige Laune wieder Lebensmut in die Bevölkerung zu bringen; Herr Bartmann sollte diese Leute möglichst rasch zu Predigern – d. h. zu sehr lustigen Predigern – ausbilden.

Und das tat denn auch der Herr Bartmann mit großem Eifer, und er freute sich dabei über einen energischen Staatsrat und amüsierte sich königlich darüber, dass er immer noch nicht erkannt wurde.

»Sollte ich mich so verändert haben?«

Also fragte er sich eines Morgens und sah dabei in einen Spiegel – und erschrak – er sah wirklich ganz anders aus als einst.

65. Der verfluchte Kaiser

Jetzt verlangte aber ganz Utopia, dass der Kaiser Philander Schilda verlassen und sich wieder an die Spitze der Regierung stellen sollte; die Zeiten seien doch danach.

Aber der Herr Sebastian telegrafierte aus Schilda sehr kurz.

»Meine Zeit ist noch nicht gekommen.«

Da fluchte man überall auf den Kaiser Philander, und in fünfzig Broschüren, die sämtlich in der Rechtszentrale am Schwantufluss geschrieben waren, wurde erklärt, dass des Kaisers Handlungsweise unverantwortlich sei.

Herr Bartmann aber wurde täglich populärer.

66. Der Herr Haberland

Der Astronom Haberland schrieb an den Herrn Bartmann kurz und bündig:

»Jetzt glaube ich, dass die Possenreißerei ein Ende haben könnte.«

Aber der Herr Bartmann besuchte den Herrn Haberland auf der Sternwarte und setzte ihm bei einem Glase Grog heftig auseinander, dass jetzt vor allen Dingen nicht der Herr Bartmann verschwinden dürfe.

Herr Haberland sah schließlich ein, dass das auch gefährlich sei – und dann fuhren die beiden Herren im Sebastianischen Luftwagen in die nahe gelegene Gletscherwelt und beobachteten die neuen Kometen, die ihre Irrlichternatur in der Kälte zu verändern schienen, da sie über den Gletschern tagelang an einer Stelle blieben.

67. Der Herr Sebastian

Der Herr Sebastian befand sich als Oberbürgermeister von Schilda in einer peinlichen Lage und schrieb das dem Kaiser.

Der Kaiser aber telegrafierte:

»Bitte, Feste feiern lassen – ich sende drei meiner jungen Leute mit genauen Instruktionen. Bartmann.«

Herr Sebastian raufte sich die Haare aus; er war nahe daran, auf und davon zu gehen – doch der Kaiser hatte ihm versprochen, alle sebastianischen Erfindungen – auch die teuersten – ausführen zu lassen – und das war für Herrn Sebastian bestimmend.

Und so wurden in Schilda die Narrenfeste gefeiert; und ganz Utopia wunderte sich über den närrischen Kaiser.

68. Der Kaiser Moritz

Als der Kaiser Moritz von den Festen in Schilda hörte, da packte ihn der Neid, und er ließ sofort seinen Vergnügungsrat zusammentrommeln und befahl, dass die bunte Krankheit auf einem Nachtfest parodiert werden sollte.

Und dieser Befehl wurde ausgeführt – ein paar große leuchtende Ballonriesen wurden über dem schwarzen See aufgelassen – und diesen Ballonriesen wuchsen neue höchst komische Köpfe aus den Armen und Händen heraus.

Die Bewohner von Ulaleipu ärgerten sich über diesen Scherz.

69. Die Krankheit in Ulaleipu

Die Bewohner von Ulaleipu hörten nun an dem Morgen, der der Festnacht folgte, dass plötzlich gegen tausend Erkrankungen in der Nacht gemeldet waren. Und diese Nachricht erfüllte alle mit Entsetzen. Und viele wollten, dass der Kaiser Moritz sofort aus dem Lande gewiesen werden sollte; vor der Festnacht waren in Ulaleipu kaum 80 Erkrankungs- und nur vier Sterbefälle vorgekommen.

Der Staatsrat wollte grade einen feierlichen Entschluss fassen, da wurde gemeldet, dass auch der Kaiser Moritz erkrankt sei.

70. Der kranke Moritz

Der Kaiser Moritz lachte laut auf, als er bemerkte, dass seine Haut die berühmten blauen grünen und roten Flecken zeigte.

»Endlich!«, sagte er.

Und er tanzte im Zimmer herum und schrie, immer wieder: »Ich hab's! Ich hab's!«

Und dann brach er in einer Ecke zusammen und ließ sich forttragen – dabei lachte er wieder – aber so harmlos, wie Kinder zu lachen pflegen.

Als er ins Bett gebracht war, forderte er Feder und Tinte und wollte schreiben, doch ihm sank die Feder aus der Hand, und er glaubte plötzlich, dass viele Riesen neben ihm säßen und er murmelte:

»Liebe Riesen, wachsen Euch immer noch Köpfe aus den Armen und aus den Fingern? Verzeiht, dass ich Euch so quäle – aber Ihr braucht wirklich mehr Köpfe als Ihr habt – mit dem einen könnt Ihr das nicht alles zusammendenken, was wir zusammendenken müssen, wenn wir uns das Leben erträglich gestalten wollen. Wir müssen alle immerzu unsern Witz zusammennehmen, um uns zu beweisen, dass unser Dasein wirklich ein herrliches ist. Wenn wir bloß einen Kopf haben, fällt uns das sehr schwer – denn mit einem Kopf können wir nicht so viel Witz erzeugen. Ihr fragt mich, warum wir uns so anstrengen, da wir doch sterben können? Ja – hm – wir strengen uns ebenso sehr an, um wenigstens mit Wonne sterben zu können, da es uns ja doch nicht gelingt, mit Wonne zu leben.«

Er sank müde in die Kissen zurück und schlief ein.

71. Lotte Wiedewitt

Als der Moritz aufwachte, saß sein Weib neben ihm und weinte.

»Warum weinst du?«, fragte da der Moritz.

Da rief die Lotte schluchzend:

»Moritz! Moritz! Du darfst nicht sterben. Ich habe dich so lieb – so sehr sehr lieb.«

Und die Lotte küsste den Moritz, aber der sagte:

»Du musst mich, wenn du mich wirklich lieb hast, ruhig sterben lassen. Willst du mir nicht einmal diese einzige Freude gönnen? Glaubst du, dass ich jemals in meinem Leben eine andere Freude gehabt habe? Sieh nur, wie mein Körper durch das Betttuch leuchtet – so leuchtet alles in mir auf – jetzt, da ich endlich sterben kann. Ich sehe lauter Narren, die mit ihren Köpfen Fangeball spielen – und dazu lachen die Köpfe. Und meine Lotte muss auch dazu lachen. Lach doch, Lotte!«

Da zwang sich die Lotte und wollte wirklich lachen – und sie lachte – aber es klang so schauerlich, dass ihr mit einem Male alles schwarz vor den Augen wurde – sie fühlte, dass sie umsank und von vielen

Händen gehalten wurde – und dabei hörte sie neben sich den Moritz nochmals laut lachen und sagen:

»Es ist ja alles Komödie – das ganze Leben. Nur das Sterben ist schön. Lass uns fröhlich sein – gebt mir Wein – und lasst Musik spielen.«

Es geschah, wie er sagte.

Die Lotte wurde ohnmächtig hinausgetragen.

72. Das Leichenwunder

Da passierte in einer Leichenhalle am Schwantuflusse, in der über fünfhundert bunte Leichen von den Männern der Wissenschaft aufmerksam beobachtet wurden, abermals etwas Wunderbares: Die astartigen neuen bunten Gliedmaßen, die aus den Leichen herauswuchsen und sich immerzu bewegten und veränderten, bekamen Wunden, die bluteten – und aus diesen Wunden schossen feurige Strahlen heraus, die zu großen Flammen wurden.

Da packte das Entsetzen die Herren Gelehrten, und sie liefen davon.

Und sie befahlen den Leichenträgern, die Leichen zu isolieren. Aber die beherzten Leute, die die Leichen anfassen wollten, bekamen so furchtbare Brandwunden, dass man beschloss, die Leichen mit langen eisernen Hebeln herauszuheben und einzeln am Flusse aufzubahren; jede Leiche wurde mit einem eisernen Schirmdach oben gegen Regen geschützt – jede Leiche lag von der nächsten hundert Meter entfernt.

Und nun wurden die Leichen von allen Seiten mit Fernrohren beobachtet – und man sah, dass sich bunte kleine Flammen von den toten Körpern loslösten, und diese Flammen flogen gegen die eisernen Schirmdächer und brannten da Löcher durch – und oben in der Luft bekamen die Flammen Kometengestalt wie die großen Irrlichter.

73. Der sterbende Moritz

Und der sterbende Moritz rief den Staatsrat an sein Bett.

Und der Staatsrat kam.

Und der Kaiser Moritz sagte laut:

»Ich sterbe jetzt und sage Euch feierlich: Ich war der richtige Kaiser, denn ich ließ alles so gehen, wie es ging. Ihr aber seid die Narren, weil Ihr etwas Daseiendes in andre Bahnen lenken wollt – während es doch nur eine einzige Bahn gibt, die die richtige ist – die Bahn, die klar und sicher zum Tode führt. Warum lehrt Ihr nicht den Utopianern, dass sie sterben sollen vom ersten Moment ihres Lebens an? Nur das Sterben macht glücklich – das Hinschwinden – das stille Vergehen. Ich wollte, ich könnte das ganze Kaiserreich Utopia mitnehmen – mit Euch allen zusammen sterben. Es ist wirklich das Beste von allem. Ich fühl's. Sie tanzen wieder – die alten Greise – ich sehe sie – sie werden kindisch – und die Gedanken tanzen mit – und die Köpfe rollen über das Meer – hinaus in die Unendlichkeit – da brauchen sie nicht mehr zu leben – da ist es endlich zu Ende – da versinkt alles – Alles – und es braucht kein Kopf mehr zu leiden – ich auch nicht. Ich segne mein Kaiserreich! Möge es sterben so selig – wie ich – jetzt – hingehe – in die – bunte Nacht – in der alles – ruhig ist –«

Des Kaisers Kopf sank zurück.

Die Mitglieder des Staatsrates bewegten sich nicht.

74. Die Explosion

Während der Kaiser Moritz die letzten Augenblicke seines Lebens durchschwärmte, geschah am Schwantuflusse etwas Ungeheuerliches; mit furchtbarem Knall explodierte eine der Leichen, dass das eiserne Dach in tausend Stücken hoch in die Luft flog; eines der Eisenstücke verletzte beim Herunterfallen einen Gelehrten nicht unerheblich am Knie.

Nun wurden sofort die anderen eisernen Dächer runtergerissen – aber kaum war das geschehen, so explodierte die zweite Leiche – sodass kein Atom von ihr übrig blieb.

Und diesen ersten Explosionen folgten nun immer mehr – sodass man die übrig bleibenden mit erhöhtem Eifer fotografieren musste – was sich auch verlohnte, da die Leichen kurz vor der Explosion die allerherrlichsten Gebilde zeigten; aus den Astknorren wurden große korallenartige Gewächse, die an den Spitzen fächerförmige Blätter bekamen.

Diese fächerförmigen Blätter opalisierten in allen Farben so glühend und strahlend wie die allerköstlichsten Blumen, und die Künstler waren ganz toll beim Anblick dieser entzückenden Leichenwunder, die immer herrlicher sich entfalteten. Es war so, als sollten alle Formen und Farben der Erde noch einmal im erstorbenen Menschenkörper in zusammenfassender Weise vorgeführt werden.

Von der menschlichen Körperform blieb am Ende bloß der Kopf noch erkenntlich, der Leib sah wie ein riesiger Blumenkorb aus – mit Korallen und langen Tintenfischgliedern und muschelartigen Wölbungen und mit großen Seesternen und großen Kristallformen und mit Perlen von unbeschreiblicher schillernder weltspiegelnder Glanzpracht.

75. Philanders Rückkehr

Kaum aber hatten die Ärzte den Tod des Kaisers Moritz konstatiert, so erschien in der hohen offenen Türe der Kaiser Philander im Purpurmantel mit der Krone auf dem schneeweißen Haupthaar und mit dem langen weißen Bart.

Der Kaiser Philander stand in der Türe ganz still und starrte seinen Staatsrat an, und der Staatsrat sah seinen alten Kaiser an, als säh er ein Gespenst.

Und es bedurfte einiger Minuten, ehe man sich wieder an die Gegenwart des alten Kaisers gewöhnte.

Der Philander musste doch lächeln, als er sah, wie unheimlich sein Erscheinen wirkte; als ihm aber mitgeteilt wurde, dass der Kaiser Moritz soeben gestorben sei – da sträubten sich dem Kaiser Philander unter der Perücke die Haare in die Höhe.

Dann aber ließ der alte Kaiser sofort die Maschinen, die für die Todesposaunen gebaut waren, in Bewegung setzen – und dann erdröhnten die mächtigen Posaunen so gewaltig, dass ganz Ulaleipu erwachte.

Und die Todesposaunen erschütterten die Luft drei volle Stunden hindurch, und alle Fenster in den Häusern der Residenz wurden hell; es war eine finstere Nacht – Wolken verhüllten den ganzen Himmel.

76. Der kranke Philander

Am Abend des nächsten Tages wollte Philander seinen Staatsrat rufen lassen und seine ganze Kraft zeigen – da fühlte er etwas Schweres in den Beinen, und er sah zufällig seine linke Hand an und sah blaue rote und grüne Flecken auf dieser linken Hand.

Philander rief den Beamten zurück, der den Staatsrat rufen sollte.

»Lass den Staatsrat! Hole die Ärzte! Bringt mich zu Bett.«

Es geschah, wie er sagte.

Und die Trauerkunde von der Erkrankung des Kaisers ging durch das ganze Land; aber es zeigte sich keine Teilnahme – nur der Astronom Haberland erschrak sehr, als er vom kranken Philander hörte.

77. Die Hand

Kaum lag der Philander im Bette, so zuckte ein Gedanke durch sein Gehirn, sodass er sich plötzlich hoch aufrichtete.

»Messer! Messer!«, schrie er.

Man verstand nicht, was er wollte. Doch da kamen die Ärzte, und denen schrie er schnell zu:

»Amputiert mir die Hand!«

Doch mit Blitzesgeschwindigkeit hatte ein jüngerer Arzt das Hemd vor der Brust aufgerissen – und da waren auch schon auf der Brust die Flecke.

»Es ist zu spät!«, sagte er traurig.

Da brüllte der Kaiser auf wie ein wildes Tier – und sank dann weinend in die Kissen zurück.

78. Die Vorwürfe

Und der kranke Philander sprach heftig in seinem Innern, während seine Lippen bebten:

»Ich habe mir in meinem Leben zu viel Zeit gelassen – Das nun ist die Strafe! Ich bin der Genusssucht nicht heftig genug begegnet. Das ist nun die Strafe! Kurz vorm Ziel ein kranker Mann! Und welche Krankheit! Der Triumph der Genusssucht ist diese Krankheit. Ich hätte schon früher begreifen sollen, dass ›Genießen‹ nicht ›Leben‹ heißt. Das wäre doch zu leicht. Warum habe ich nicht in meinen jüngeren Jahren das Volk aufgerüttelt – wie ich's jetzt wollte? Ich werde furchtbar bestraft. Und diese weiche Stimmung! Und diese Wonne in allen Gliedern! Oh – wie verführerisch ist das Genussleben – war ich für das große Weltenleben noch nicht reif?«

Er machte aus seinen beiden Händen zwei knochige Fäuste.

79. Die Wut

»Ich will raus aus diesem Bett!«, schrie er plötzlich.

»Ich will«, schrie er noch heftiger, »auf dem Seebalkon sterben – vor allem Volk! Hebt mich raus!«

Man hob den Kaiser auf und setzte ihn auf einen Sessel.

»Der Sessel ist mir zu weich!«, schrie er wieder.

Das sagte aber der Oberarzt:

»Grandiosität dürfen nicht hart sitzen. Grandiosität dürfen auch nicht auf den Seebalkon getragen werden; es regnet. Es ist doch möglich, dass die Krankheit vorübergeht – und dementsprechend müssen wir vorsichtig sein.«

Da sah der Kaiser mit leuchtenden Augen auf und rief:

»Ja – ich will gesund werden – lasst mich allein!«

Und alle gingen hinaus und ließen den Kaiser allein.

80. Das Gebet

Wie alle draußen waren, wollte Philander allein aufstehen, und dabei fiel er lang auf dem Teppich hin und blieb liegen.

Da faltete er die Hände zusammen und sprach leise und schnell:

»Erhabener Geist, der du uns alle führst und dem wir keinen Namen geben wollen, erhöre mich – vernichte nicht mein irdisches Leben. Ich will leben – leben – wie eine Welt lebt – so will ich leben – nicht bloß will ich ein einfaches menschliches Genussleben leben. Vergib mir, dass ich doch so oft ihm nicht widerstanden habe. Aber – es soll anders werden. Erhöre mich noch ein einziges Mal. Ich werde kämpfen um das große Leben und meinem Volke das große Leben begreiflich machen. Ich werde mich bessern. Ich werde stark werden. Vergib mir meine Schwäche. Lass mich nicht versinken. Rette mich. Ich will meine Sehnen anspannen. Ich will mir Schmerz machen, dass ich nicht versinke.«

Und mit gewaltiger Anstrengung kroch er nun auf allen vieren zum nächsten Tisch, auf dem Instrumente lagen, und mit einer spitzen Nadelbürste stach er sich in den Arm, dass es blutete.

Da schrak er aber zusammen – der Blutverlust konnte gefährlich werden – er klingelte.

Und die Ärzte kamen und verbanden den kranken Philander, sodass der Arm nicht mehr blutete.

Dann aber ließ sich der Kranke ein hartes Holzlager machen und lag nun ganz still.

81. Der Kampf

Jetzt jagten sich die Gedanken durch Philanders Kopf mit größter Schnelligkeit und wollten immerzu in reizende weiche feine Fantasien hinein – es war so, als ob überall kleine feine Engelsköpfchen auftauchten und den Philander anlächelten und winkten und fortzuführen suchten in weiche Wolkenbetten, allwo man versinken kann.

Aber der Philander zwang andre Bilder hervor – schauderhafte – grässliche – blutige – wilde Raubtiergestalten, die sich bissen und sich zerrissen.

Und immer glühender wurde Philanders Körper, die blauen grünen und roten Körperflecke leuchteten durch die Bettdecke.

Und dann befahl der Kranke, mit Gläsern und Schüsseln zu klappern.

Und das geschah; es musste aber bald eingestellt werden, da dadurch eine Verwirrung der Gedanken herbeigeführt wurde.

Wieder machte der Kranke Fäuste aus seinen Händen und sah starr gradaus und begann zu reden:

»Haltet fest am Leben! Lasst nicht los! Werdet hart! Immer härter! Wie Steine müsst Ihr werden! Der größte Teil des Sterns Erde besteht auch aus Steinen! Die Sterne werden auch hart – und die führen ein Weltleben – das größer ist als ein irdisches Genussleben!«

Und so sprach er weiter, bis er heiser wurde.

82. Der Sieg

Und die Flecke verschwanden nach furchtbaren drei Tagen und drei Nächten.

Und als sie ganz fort waren, da schrie der Kaiser mit rauer Stimme immerfort:

»Sieg! Sieg!«

Und dann faltete er die Hände und murmelte:

»Erhabener, ich danke dir!«

Und dann verließ er sein hartes Lager und richtete sich hoch auf.

83. Der Doppelgänger

Der Herr Sebastian hatte in Schilda von der Rückkehr und von der Krankheit Philanders des Siebenten nicht eine Silbe gehört; der Herr Sebastian pflegte nämlich im goldenen Löwen Wochen hindurch ganz zurückgezogen zu leben und auch kein Zeitungsblatt anzusehen.

So kam es, dass der Oberbürgermeister in Philanders Haar und Bart just an dem Tage wieder über den Marktplatz ging, als der Kaiser Philander grade gesund geworden war.

Die Schildbürger liefen zusammen, betasteten die Kleider des Herrn Sebastian, fassten sich an den Kopf und sahen ihren Oberbürgermeister mit so entsetzten Augen an, als wäre er ein Gespenst.

Dem Herrn Sebastian wurde ganz unheimlich, aber er beschloss gleich, nicht aus der Rolle zu fallen, und fragte ruhig:

»Was ist los, liebe Leute?«

Und da hörte er denn, was geschehen war – und er musste laut auflachen.

Dann sagte er ruhig:

»Es geschehen heute Zeichen und Wunder. Ihr sollt eben große Augen machen. Wisst Ihr, was ein Geist ist? Wisst Ihr, was ein Doppelgänger ist? Versammelt Euch alle hier auf dem Markte und zündet Fackeln an, wenn's dunkel wird. Und wenn's dunkel geworden ist, werde ich kommen und Euch eine Geschichte erzählen.«

Nach diesen Worten ging der Herr Sebastian in den goldenen Löwen und schloss sich ein.

Die Schildbürger taten, wie ihnen geheißen ward.

84. Die Flucht

»Endlich bin ich erlöst!«, murmelte der Herr Sebastian.

Und dann packte er seine Papiere zusammen und machte ein kleines Paket daraus, zog seine alten Kleider an, verbrannte im Ofen den weißen Bart und die weißen Haare sehr sorgfältig und stieg, als es dunkel geworden war, mit Hilfe einer Strickleiter zum Fenster hinaus, löste die Strickleiter ab und machte das Fenster wieder so zu, als wär's von innen zugemacht – und ging davon – zu der Station, die zwei Meilen hinter Schilda lag.

Als er so durch die Nacht ging und die neuen Kometen am Himmel sah, wurde er ganz ernst. Dann aber sagte er:

»Diese einsame Zeit war mir recht heilsam; ich habe doch viel zustande gebracht – sieben neue Maschinen!«

Er lächelte und ging rüstig weiter.

Die Schildbürger standen auf ihrem Marktplatz und warteten – bei Fackellicht.

85. Der verschwundene Bartmann

Nun wurde festgestellt, dass der Kaiser Philander, als er auf dem Markte zu Schilda vor den Schildbürgern erschien, auch in Ulaleipu war und in Gegenwart zweier Ärzte ganz fest schlief und dabei ganz wie ein Gesunder schnarchte. Und es ließ sich somit nicht in Abrede stellen, dass der Kaiser in Schilda ein Doppelgänger war.

Diese Doppelgängergeschichte wäre zu andern Zeiten niemals so ohne Weiteres geglaubt worden, aber da sich zur selben Zeit so viele andre wunderbare Erscheinungen zeigten – die Irrlichter, die wachsenden und explodierenden Leichen und die Kometen und der bewegliche Meeressumpf – so nahm man den Doppelgänger wie etwas Selbstverständliches hin; es wurde nicht einmal in einer einzigen Broschüre der Versuch gemacht, die Realität des Doppelgängers in Zweifel zu ziehen.

Viel mehr Verwunderung erregte das plötzliche Verschwinden des Herrn Bartmann, und man fing an, den Doppelgänger mit dem Herrn Bartmann in eine gewisse Verbindung zu bringen, doch dachte man nicht klar darüber, da die explodierenden Leichen allen Gelehrten einfach den Kopf verwirrten.

Dass der Herr Bartmann nicht aufzufinden war, erklärte der Kaiser für ganz unbegreiflich – und er tat ganz verzweifelt darüber – und schickte Boten durch das ganze Reich, die den Herrn Bartmann suchen sollten.

Aber der Herr Bartmann war und blieb verschwunden, und der Kaiser sagte sich im Stillen:

»Dass mir die Komödie so glücken würde, das hätte ich doch nicht gedacht.«

Und er nahm sich fest vor, dem Staatsrate nie mehr Vorwürfe über die Maskerade zu machen; der weiße Bart und das weiße Haupthaar gestatteten doch, Dinge in Szene zu setzen, die wirksam gemacht werden konnten; die Verschwiegenheit der Hofbeamten erschien hierbei auch im allerbesten Lichte.

Und nach diesen Erwägungen ließ der Kaiser seinen Onkel, den Oberpriester Schamawi, und andre Priester rufen und erklärte ihnen Folgendes:

»Dass dieser Bartmann verschwunden ist, scheint mir ein großes Unglück für das Kaiserreich zu sein; er war der Einzige, der den Kopf oben behielt, als alle in Verwirrung gerieten. Ich habe genug von dem Herrn und über ihn gelesen, dass ich wohl bitten möchte, eine vollständige Sammlung dieser Skripturen zu besitzen. Aber das bekomme ich ja schon. So weit ich nun die Sache übersehen kann, hat alles, was er sagte, eigentlich einen religiösen Charakter, und deshalb habe ich die Herren gebeten, herzukommen.« Der Kaiser bot den Priestern gute Zigarren an, und man rauchte und plauderte dabei ganz gemütlich über den verschwundenen Herrn Bartmann. Und alle bedauerten lebhaft, dass sie den Herrn nie persönlich vor sich gesehen hätten.

Nach einiger Zeit fuhr dann der Kaiser also fort:

»Fassen wir's kurz so: Herr Bartmann meinte, das Leben der gewöhnlichen Menschen bestände bloß aus Arbeiten und Genießen – das Leben der größeren Menschen müsste aber hauptsächlich ein Weltlebenmiterleben sein. Das ist das, was man vor ein paar tausend Jahren im wilden Westen ein Leben in Gott nannte. Wir sind ja nun heute nicht mehr so arrogant, uns einem Allwesen nähern zu wollen – aber wenn wir von dem Geiste sprechen, der uns führt und den wir nur des Volkes wegen Volksgeist nennen, so denken wir da doch an einen größeren Geist – dem wir ohne Weiteres ein Weltlebenmiterleben zugestehen. Und dass dieser Geist uns auch so weit haben möchte, wie er selbst ist, werden wir ja begreiflich finden. Demnach ist die Aufgabe, die Menschen zu einem höheren Weltleben hinzuleiten, wohl die Aufgabe des Priesterstandes.«

Das wurde nun von den Priestern lebhaft bejaht, und der Kaiser bat nun die Priester, im Sinne des Herrn Bartmann zu wirken und diesen so zu ersetzen.

Und die Priester erklärten, dass die großen wunderbaren Naturereignisse der letzten Zeit wohl geeignet wären, einem religiösen Leben mehr Zugänge zu verschaffen als bisher.

Und diese ganze Angelegenheit wurde nun bis ins Kleinste durchgesprochen, und Schamawi drückte dem Kaiser zum Schlusse den Dank des Priesterstandes für die Förderung der religiösen Interessen in lebhaften bewegten Worten aus.

Der Kaiser konnte sich ganz fest darauf verlassen, dass alles, was er wünschte, mit peinlicher Genauigkeit ausgeführt werden würde.

Der verschwundene Herr Bartmann erhielt somit für Utopia täglich – fast stündlich – eine größere Bedeutung.

Der Kaiser Philander lächelte.

86. Der Mantel und der Käseberg

Als der Herr Sebastian als Doppelgänger des Kaisers auf dem Markte von Schilda erschien, da hatten die Schildbürger grade eine halbe Stunde vorher die Nachricht bekommen, dass der Kaiser in Ulaleipu bereits vier Tage anwesend und dort krank geworden sei; die explodierenden Leichen hatten alle Telegrafenlinien so in Anspruch genommen, dass nicht einmal der Tod des Moritz Wiedewitt früher bekannt geworden war.

Während nun nachher die Schildbürger auf ihrem Markte standen und warteten, trafen weitere Nachrichten ein – auch die vom Tode des alten Oberbürgermeisters Wiedewitt. Und das alles steigerte noch die Verwirrung, sodass die Schildbürger erst beim Morgengrauen wagten, in den goldenen Löwen zu dringen und dort die Türen zu den kaiserlichen Gemächern aufzubrechen.

Und da fand man nun alles in schönster Ordnung; der rote Mantel lag auf einem Diwan und auf dem roten Mantel lag die rot und weiß gestreifte Kappe des Oberbürgermeisters.

Die Fenster waren fest verschlossen; das hatte der Herr Sebastian von außen mit der Strickleiter bewirkt, an der sich ein sinnreicher Mechanismus befand.

Die Sache war allen unbegreiflich.

Schließlich redete der Regierungssekretär Käseberg zu den Schildbürgern folgendermaßen:

»Meine Herren! Wir wissen vom menschlichen Leben nicht viel Genaues. Wir wissen, dass das Kaiserreich Utopia östlich von Kallekutta liegt – und damit ist bekanntlich nicht viel gesagt. Wir wissen, dass der Kaiser Philander sechs Monate hindurch unser Oberbürgermeister war. Aber das wissen wir auch nicht sehr genau. Ich glaube, wir tun gut, wenn wir annehmen, dass ein Doppelgänger des Kaisers unser Oberbürgermeister war. Und da ein Doppelgänger ein Geist ist, so dürfen wir uns nicht wundern, wenn dieser Geist jetzt unsichtbar ist. Ich schlage daher vor: Legen wir Mantel und Kappe im Ratshause nieder und lassen wir den Geist auch fürderhin Oberbürgermeister von Schilda sein – auch wenn er unsichtbar bleiben sollte. Vielleicht wird er uns nochmals sichtbar. Wählen wir aber keinen neuen Oberbürgermeister – wir haben zwei in einer Nacht verloren.«

Und man tat, wie Herr Käseberg vorgeschlagen.

87. Der Kaiser Philander im Hintergrunde

Diejenigen, die jetzt noch an der bunten Krankheit darniederlagen, wurden jetzt sämtlich gesund – und die Leichen derer, die an der bunten Krankheit gestorben waren, explodierten in den nächsten Wochen allesamt, sodass die furchtbare Krankheit plötzlich von der Bildfläche verschwand und den anderen Lebensinteressen wieder Spielraum ließ.

Da kam nun gleich die kräftige Agitation der Priester in den Vordergrund, und der verschwundene Herr Bartmann wurde täglich berühmter.

In der Literaturzentrale erschienen verschiedene Schriften, in denen das Benehmen des Kaisers Philander scharf getadelt wurde; grade in der schwersten Zeit der Verwirrung hatte sich der Kaiser in Schilda aufgehalten – und über die Doppelgängergeschichte konnte der Kaiser auch nichts Aufklärendes sagen.

Kurzum: Der Kaiser kam in den Hintergrund, und der Bartmann wurde immer höher gestellt, und man schätzte es durchaus nicht, dass der Kaiser für den Bartmann eintrat – das erschien allen ganz selbstverständlich.

Der Kaiser lachte sehr oft, wenn er allein war.

»Fehlt nur noch«, sagte er, »dass sie den verschwundenen Bartmann zum Kaiser machen wollen! Jawohl – es ist nicht so leicht, Gedankenkaiser zu werden – besonders dann nicht, wenn man verpflichtet ist, eine sichtbare goldene Krone zu tragen.«

Aber etwas verstimmt sah der Kaiser bald aus.

88. Die Umgewandelten

Die Erfolge der priesterlichen Agitation waren in kurzer Zeit ganz großartige; überall regte sich ein großes Interesse an dem innerlichen Leben des Menschen.

Jetzt erst kam es allen zum Bewusstsein, dass viele Tausende in den letzten Monaten starben; man zählte ungefähr 70.000 Tote. Und die Trauer im Lande machte alle anders, sodass man nur noch ernste Gesichter sah.

Und so war es nur natürlich, dass die Priester überall aufmerksames Gehör fanden. Alle einfachen Vergnügungen mied man; die Utopianer kamen sich selber ganz umgewandelt vor.

Lange Wochen hindurch war's so, als könnte man sich immer noch nicht zurechtfinden; die Naturereignisse wirkten nach.

89. Die Kaiserin

Der Kaiser Philander zeigte auch nur noch ein ernstes und sorgenvolles Gesicht.

Und die Kaiserin Caecilie deutete dieses Gesicht ihres Gemahls ganz anders als die andern.

»Es ist dir«, sagte sie, »doch nicht so ganz recht, dass der Herr Bartmann so die Utopianer beschäftigt, nicht wahr? Weißt du, was ich immer geglaubt habe?«

»Nun?«, fragte der Kaiser.

»Ich glaubte«, versetzte die Kaiserin, »du selbst seist der Bartmann gewesen.«

Der Kaiser erschrak und sah seine Gemahlin lange an und wusste nicht recht, ob er ihr trauen sollte, und grübelte immerzu darüber und sah sie immerzu groß an.

Da sprang die Frau Caecilie auf und lachte und sagte:

»Jetzt weiß ich, dass das stimmt.«

Da fiel der Herr Philander darauf hinein und gab alles zu.

Aber da wurde die Frau Caecilie sehr unruhig und fragte leise:

»Wer weiß es denn noch?«

»Es wissen das«, versetzte der Herr Philander, »nur noch die Herren Haberland und Sebastian.«

»Werden die«, fragte Frau Caecilie, »auch schweigen?«

»Wenn du nur schweigst!«, antwortete darauf ihr Gemahl.

»Ich schweige!«, sagte Frau Caecilie.

Und dann erzählte der Philander seiner Frau alle seine Abenteuer ganz genau.

Und die Kaiserin musste oft so lachen, dass ihr die Tränen über die Backen rollten.

90. Der Orkan an der Surmküste

Der Meeressumpf an der Sturmküste war noch immer nicht zur Ruhe gekommen, die Schlammmassen wälzten sich und rumorten ohne Unterlass – nur die Irrlichter zeigten sich nicht mehr.

Da brach abermals ein furchtbarer Orkan über dem Meeressumpfe los, und aus dem Sumpfe schlugen plötzlich abermals ganz hohe Flammen heraus und lösten sich von der Erde los und wirbelten hoch in die Lüfte hinauf.

Es sah schrecklich aus.

Die Gelehrten vergaßen bei diesem neuen Ausbruch des unterseeischen Vulkans die fotografischen Apparate und starrten wie abwesend das neue Wunder an und fürchteten, dass jetzt abermals jene entsetzliche bunte Krankheit kommen würde.

Dann aber gab's einen ohrenzerreißenden Lärm, und der ganze Meeressumpf sank in die Tiefe, sodass ein meilengroßes Loch entstand, in das nun die Meeresmassen polternd hineinstürzten.

Dass die Granitfelsen der Sturmküste bei dieser Erschütterung stehen blieben, kam allen als das größte Wunder vor.

Und von dem tiefen Loch wurden so viele Meeresmassen aufgesogen, dass das Meer an allen Küsten zurücktrat und sich viele neue Inseln bildeten.

91. Die Geisterscharen

Die Flammen aber, die zum Himmel hinaufloderten, stiegen immer höher in den Weltenraum empor – und sahen oben wie große Geisterscharen aus.

Und die Gelehrten erklärten plötzlich einstimmig: Das sind Geister der Tiefe, die da oben im Raume leben – das sind gar keine Flammen.

Ganz Utopia starrte nachts den Himmel an und sah, wie sich oben die Flammen veränderten und, wie es allen vorkam, sich zu körperlich wirkenden Gestalten umbildeten.

Dieses Naturereignis wirkte so mächtig, dass fast alle Utopianer volle acht Tage hindurch nicht einen Augenblick schlafen konnten.

92. Die Sternwarten des Herrn Haberland

Als sich aber die erste Aufregung ein wenig gelegt hatte und die Ermüdung eintrat, da bat der Herr Haberland den Kaiser, die Erlaubnis zu geben, dass sofort auf den höchsten Bergen des Landes ein Dutzend neue riesige Teleskope aufgestellt würden.

Und der Kaiser erfüllte natürlich den Wunsch des Herrn Haberland; der Staatsrat bewilligte sehr große Summen.

Und dann wurden die Geisterscharen mit den alten Teleskopen fortwährend beobachtet, und die zwölf neuen Teleskope wurden so schnell wie möglich fertig gestellt, um die Beobachtungen in umfangreicherem Maße fortzusetzen.

Und diesen Beobachtungen gegenüber traten alle anderen Interessen des Landes für mehrere Wochen in den Hintergrund.

Und dann gab es eine Flut von Büchern, die das Wesen der neuen Geisterscharen festhalten wollten; leider veränderten sich die Flammengebilde so häufig und oft so schnell, dass man an ihre Geisternatur schließlich nicht mehr glauben wollte.

Sehr viele Gelehrten hielten aber doch daran fest, dass die Flammen nicht einfache Flammen sein könnten.

Das Leben im Innern der Erde beschäftigte die Utopianer bald mehr als das Leben auf der Oberfläche der Erde.

93. Der Herr Citronenthal

Der Kaiser Philander war in Utopia wohl der einzige Mensch, der ganz ruhig blieb; doch diese Ruhe führte man allgemein auf die überstandene Krankheit zurück.

Philander pflegte jetzt häufiger mit seiner Frau zusammen zu sein und sprach viel zu ihr über seine Ruhe; er sagte, dass er so fest von einem großartigen Geisterleben, das hinter allen irdischen Erscheinungen tätig ist, überzeugt sei – dass ihm die Bestätigung seines Glaubens eben nur eine Befriedigung und nicht eine Aufregung verursache.

Und als nun die Zeiten etwas ruhiger wurden, da ließ sich eines Tages der Herr Citronenthal melden mit der Behauptung, dass er Wichtiges vom Herrn Bartmann zu melden habe.

Nun – der Kaiser sah seine Gemahlin bedeutungsvoll an und bat sie, im Nebenzimmer zu horchen.

Dann kam der Herr Citronenthal und erzählte alles das, was er mit dem Herrn Bartmann erlebt hatte – von dem Abendbrot in der Familie des Altertumsverehrers, von dessen Schnupftabakdose und von der Rede im Bierpalast.

Der Kaiser hörte das alles und bat den Herrn besonders, die Schnupftabakdose genauer zu schildern.

Und das tat denn der Herr Citronenthal so umständlich, dass man die Dose hätte danach herstellen können; der Kaiser sprach dabei mit seinem Stimmverstärker und bat seinen Gast, recht laut zu sprechen, da er etwas schwerhörig sei, sodass die Frau Caecilie im Nebenzimmer alles deutlich hören konnte.

Und dann entließ der Kaiser den Herrn Citronenthal mit großem Danke und verehrte ihm noch zum Andenken eine sehr alte silberne Kette mit Emailmalerei.

Das Geschenk machte den Herrn Citronenthal aber so gesprächig, dass er noch was sagen wollte.

Und er sagte es:

»Der Herr Bartmann«, flüsterte er –

»Sprechen Sie laut!«, rief der Kaiser.

»Der Herr Bartmann«, also sprach nun laut der Herr Citronenthal, »hat damals im Hause meines alten Freundes dessen älteste Tochter so lange und so innig angesehen, dass ich fest davon überzeugt bin: Der Herr Bartmann verliebte sich damals in die älteste Tochter meines alten Freundes. Und diese Dame ist auch verschwunden. Und somit nehme ich an, dass diese beiden zusammen ins Ausland gefahren sind.«

»Ach«, rief der Kaiser, »das ist interessant! Nehmen Sie diesen Ring zum Angedenken.«

Und er gab dem Herrn Citronenthal noch einen alten silbernen Ring mit aufgelegter Goldplastik.

Der Herr Citronenthal konnte sich vor Freude kaum fassen, und der Kaiser versprach, im Auslande weiter nach dem Herrn Bartmann suchen zu lassen.

Kaum war der Herr Citronenthal fort, so kam die Frau Caecilie wieder zum Vorschein – mit ganz rotem Kopf.

Der Kaiser sah sie an – und musste plötzlich furchtbar lachen und rief:

»Ich glaube, du bist eifersüchtig!«

Da musste die Kaiserin ebenfalls lachen und fiel ihrem Gemahl ganz stürmisch um den Hals und küsste ihn.

Philander hob den Zeigefinger der rechten Hand in die Höhe und sprach ernst:

»Wie kann eine Kaiserin einen falschen Bart küssen? Ist das nicht eine Geschmacklosigkeit?«

Da lachte das kaiserliche Ehepaar so übermütig, wie es schon lange nicht gelacht hatte.

Und der Kaiser zeigte die bewusste Schnupftabakdose, und die Kaiserin sagte:

»Nun hab ich den Beweis!«

Dann aber legte der Kaiser seinen Stimmverstärker fort und sprach leise:

»Du, Caecilie, solchen Witz reiß ich aber nicht noch einmal. Mir ist bei all diesem Bartmannsspaß schon mehr als ein Mal recht plümerant geworden. Bedenke bloß, wenn man davon was erfährt! Dann würde man mir plötzlich alle ernsthaften Absichten, die ich doch sonst habe, gar nicht mehr glauben. Und meine ernsten Geschichten sind mir doch wahrhaftig so wertvoll, dass ich beinahe aus der Fassung komme, wenn ich denke, dass man schließlich auch hinter meinen ernsten Geschichten bloß lustige Späße wittern könnte.«

»Ach, Philander«, flüsterte da die Caecilie, »ich schweige ja, und der Sebastian und der Haberland – die schweigen doch auch.«

»Nun wollen wir wieder«, sagte leise der Philander, »ganz ernst sein.«

Da lachte die Kaiserin ihren Kaiser aus – und sagte – immerzu lachend:

»Du Philander, jetzt musst du immer tun, was ich will – sonst erzähl ich die Bartmannsgeschichte aller Welt.«

»Aber Caecilie!«, rief der Kaiser entsetzt.

Da sah die Caecilie ihren Philander lange an und sprach traurig:

»Du traust mir so was zu?«

Da bat der Kaiser sehr demütig um Entschuldigung.

Aber dann musste die Caecilie abermals lachen – und der Philander ebenfalls.

Und er flüsterte dann:

»Wie ist es bloß möglich, dass ich so furchtbar ernst sein kann, während ich ein solches Vergnügen am Spaße finde! Kannst du das begreifen?«

Die Kaiserin schüttelte den Kopf, und dann ging sie mit ihrem Gatten auf den nächsten Balkon, allwo sie zusammen eine Flasche Wein tranken und Zigaretten dazu rauchten.

Der schwarze See lag in der Tiefe – ganz still.

94. Der Lebenstempel

Und eines Abends saß der Kaiser Philander in seinem Perlmutterzimmer am Fenster und blickte hinauf zu den goldenen Rändern der roten Berggipfel und seufzte.

Vor dem Kaiser auf dem Tisch mit der Platte aus Lapis lazuli lagen Berichte der Priesterschaft, die sämtlich nur Erfreuliches enthielten und immer wieder betonten, dass die Utopianer nach der Schreckenszeit vollkommen umgewandelt seien – überall lebte ein straffer und innerlicher Zug, und von Schlaffheit bemerkte man nichts mehr.

»Wie wenig«, flüsterte der Kaiser wehmütig, »habe ich dazu beigetragen! Wären die allgewaltigen Naturereignisse nicht gekommen, so wäre in Utopia alles im alten Schlendrian weitergegangen. Wie wenig kann der einzelne Mensch hervorbringen! Wir müssen mehr Intensität in uns erzeugen. Im Meeressumpf stak Intensität – in den explodierenden Leichen lebte auch eine störrische Kraft. Jetzt soll's aber festgehalten werden! Und darum will ich einen Lebenstempel erbauen – der auch für die Folgezeit mächtige prickelnde Lebenskraft ausströmen soll.«

Und als des Kaisers Onkel, der Oberpriester Schamawi sich anmelden ließ, da setzte ihm der Philander in raschen Worten auseinander, wie er sich den Lebenstempel dachte.

»Sieh mal, lieber Oheim«, sagte er hastig, »der Tempel müsste schon so groß wie ein paar kräftige Städte sein – und sämtliche Fotografien vom Meeressumpf, von den Irrlichtern, von den neuen Kometen, von den Leichen und von den Geisterflammen – das alles müsste in impo-

santen Hallen zur Aufstellung gelangen. Und dann müssten die sogenannten Bartmannbücher und alles, was dazu gehört – besonders auch
die wissenschaftlichen Erörterungen vom Denken mit Nase, Zunge und
Gefühl – ebenfalls in dem Tempel untergebracht werden. Und für Er-
weiterung der Studien nach dieser Richtung hin müsste auch gesorgt
werden. Eine ganze Galerie neuer Lehrinstitute müsste in dem Lebenstempel entstehen. Alles, was das ungeheuerliche Leben der Natur
lebhaft zur Anschauung bringt, müsste künstlerisch dargestellt werden.
Und schließlich – nicht zu vergessen! – das, was über unsre materielle
Sphäre hinausgeht – von dem wir schon so viel in den neuen Kometen
und Geisterflammen zu schmecken bekamen – das müsste auch da eine
Stelle finden. Na, lieber Oheim, ich glaube wir verstehen uns.«

»Vollkommen!«, versetzte der Oberpriester, und er ging mit einer
Leidenschaft auf den Plan des Kaisers ein, dass dieser schließlich sagte:

»Wenn ich empfinde, wie Ihr alle das tut, was ich möchte, so kommt
es mir oft so vor, als hätte ich Euch gar nicht meine Ideen – sondern
Eure Ideen zur Ausführung empfohlen.«

»Vergiss«, erwiderte lächelnd der Oheim, »den verschwundenen
Bartmann nicht! Andrerseits ist deine Empfindung ganz echt; ich habe
auch immer nur das Gefühl, dass ich als Bevollmächtigter unsres erha-
benen Volksgeistes tätig bin – und du musst mir schon verzeihen,
wenn ich manchmal nicht so lebhaft mehr unterscheide zwischen dem
Geiste, der uns alle führt und nicht materiell für uns bemerkbar ist,
und dem Geiste, der in allen Utopianern materiell bemerkbar ist. –
Der ungewöhnliche Volksgeist und der erhabene Geist unsres Volkes,
der hinter unsrer Erscheinungswelt lebt – diese beiden scheinen mir
zusammenzugehen – und wir alle scheinen in ihm unterzugehen. Das
Letztere wolltest du im letzten Frühling nicht.«

»Heute«, sagte der Kaiser, »will ich's schon, da das Volk ein andres
geworden ist.«

Es wurde ganz dunkel im Perlmutterzimmer, aber die beiden sprachen immer weiter, ohne die Dunkelheit zu bemerken.

95. Lotte Wiedewitt

Die Lotte Wiedewitt hatte sich nach dem Tode ihres Gatten sehr verändert; sie war immer sehr ernst und zuweilen sehr zerstreut – sie dachte so viel über das Weiterleben nach dem Tode nach.

Und die Frau Lotte verkehrte mit der Frau Caecilie fast täglich, und es kam auch mal vor, dass der Kaiser mit den beiden Frauen zusammen war. Da sagte der denn mal so nebenbei:

»Der Lebenstempel soll größer als eine ganze Stadt werden – wo bauen wir den nur hin?«

»In Schilda!«, meinte da die Lotte ganz ernst.

Da musste der Kaiser lachen und sagte, dass das gar kein übler Platz sei – dicht am Meere – auf hohem Strande – auf historischem Boden – auf einem Boden, auf dem der Kaiser Philander mal Oberbürgermeister von Schilda war ...

Diese Erörterungen brachten aber die Lotte Wiedewitt so unvermittelt in die Vergangenheit zurück, dass sie plötzlich laut zu weinen anfing.

Die Frau Caecilie wollte sie trösten, aber sie weinte immerzu und sagte dann schluchzend:

»Es kann doch nicht zu Ende sein! Es kann doch nicht zu Ende sein!«

Da sprach der Kaiser, während ihm auch ein paar Tränen in den falschen Bart rieselten:

»Es ist auch nicht zu Ende, Frau Lotte! Der Kaiser Moritz lebt – er lebt nur anders jetzt als die Frau Lotte.«

Da wollte die Lotte mehr hören, und dabei sagte sie, dass doch darüber eigentlich nur ganz alte Herren mit langen weißen Bärten sprechen könnten.

Als nun der Kaiser wieder mal das Lob seines weißen Bartes hörte, da war er nahe daran, ihn vor der Lotte abzunehmen – doch er besann sich noch zur rechten Zeit – und ließ die Frauen sehr bald allein.

Und da sprachen denn die beiden Frauen weiter über das Leben und über das Sterben – und die Lotte entwickelte zuweilen so drollige Ansichten, dass die Caecilie öfters lachen musste.

Dabei lernte die Kaiserin Caecilie das Leben in Schilda sehr genau kennen, die Lotte konnte gar nicht genug von Schilda erzählen – aber sie musste doch sehr viel weinen dabei – ihr wurde die alte Zeit so schwer, obgleich es doch auch eine recht böse Zeit war.

96. Die Maschinen des Herrn Sebastian

Der Herr Sebastian hatte sich sehr bald nach seiner Flucht beim Kaiser vorgestellt, und dieser hatte gleich alle seine Unternehmungen mit reichlichen Geldmitteln unterstützt.

Unter den neuen Maschinen, die der Herr Sebastian in Schilda erfunden, befanden sich aber drei Maschinen, die für den Häuserbau sehr wertvoll waren; durch die neuen Sebastianischen Baumaschinen ließen sich ganz große Häuser fast ohne Handtätigkeit herstellen – und so schnell arbeiteten die Maschinen, dass es leicht möglich gemacht werden konnte, in vierzehn Tagen eine ganze Stadt zu erbauen.

Da war's sehr natürlich, dass der Herr Sebastian vom Bau des Lebenstempels in Schilda sehr bald das Nähere zu hören bekam – und alle nötigen Baumaterialien nach Schilda schaffte, um im gegebenen Moment so schnell bauen zu können, wie keiner zuvor.

Als ihm der Kaiser zu seinen neuen Erfindungen Glück wünschte, da sagte der Herr Sebastian leise:

»War alles nicht gekommen, wenn ich nicht Oberbürgermeister von Schilda ein halbes Jahr hindurch gewesen wäre. Den Schaffenden ist das Eingesperrtwerden zuweilen sehr dienlich.«

»Ja«, erwiderte der Kaiser, »das werde ich mir merken, Herr Sebastian.«

Bei einem Glase Bier sprachen die beiden Herren weiter über das Eingesperrtwerden – und ganz ernst – nur so zwischenein mussten sie mal auflachen.

Der Herr Schlackenborg, der Obermaschinist des Sebastianischen Luftschiffes, sprach dann auch noch mit dem Kaiser und erzählte auch vom Herrn Bartmann.

Da hielt's der Kaiser nicht mehr aus, er stürmte wild davon und rief in seinem Perlmutterzimmer:

»Den Spaß mach ich wirklich nicht noch mal.«

Herr Schlackenborg aber wunderte sich sehr über des Kaisers hastiges Davonstürmen.

97. Schildas Ende

Da durch die 70.000 Toten ein großer Mangel an Beamten entstanden war, so ging es leicht an, sämtlichen Bewohnern von Schilda vortreffliche Stellungen anzubieten, und die Schildbürger nahmen die Stellungen an, da sie der Kaiser in einem sehr höflichen Schreiben folgendermaßen gebeten hatte:

»Ich bin Euer Oberbürgermeister gewesen, und Ihr glaubtet, richtig zu handeln, indem Ihr später noch einen meiner Doppelgänger zum Oberbürgermeister wähltet. Deswegen tut aber auch, was ich Euch sage: Die Zeiten sind zu ernst geworden – wendet Euch nicht mehr von dem Geiste des Volkes ab – dieser Geist des Volkes ist ja durch die letzten furchtbaren Naturereignisse ganz anders geworden – so ganz anders geworden, dass ich mich auch mit ihm versöhnen konnte. Also tut, was ich auch getan habe. Ich werde außerdem dafür sorgen, dass selbst denen, die sich vom Volksgeiste auch fernerhin emanzipieren wollen, kein wirtschaftlicher Schaden entsteht; die Geistlichkeit ist mit der Schonung der Emanzipierten durchaus einverstanden.«

Da klopften sich die Schildbürger, als sie das gelesen hatten, vergnügt auf die Schultern und lachten sich so lustig an – wie sie lange nicht getan hatten.

Und sie erklärten einstimmig:

»Dann hat ja alle Not für uns ein Ende.«

Danach dankten sie dem Kaiser in lustigster Form, schickten ihm den roten Mantel und die Oberbürgermeisterskappe zu, ließen alle ihre wertvolleren Sachen, die einen historischen Wert beanspruchten, in ein Altertumsmuseum bringen – und zerstreuten sich über das ganze Land.

Hierauf wurde Schilda abgebrochen mit Sebastianischen Abbruchsmaschinen in acht Tagen.

Und vier Wochen später stand das Äußere des großen Lebenstempels fix und fertig dort – wo einstmals Schilda stand.

98. Die Asketen

Das straffe Regiment der Priester hatte nun aus den Utopianern im Handumdrehen ein außerordentlich ernstes Volk gemacht, sodass die Schildbürger nicht überall sehr freundlich aufgenommen wurden.

Da ließ der Kaiser ein großes Rundschreiben anfertigen, in dem zum Schluss zu lesen stand:

»Die Askese ist nur zur Erzeugung der größeren Lebensfreude da, die nicht identisch ist mit dem, was wir sonst Lebensgenuss nennen. Diese größere Lebensfreude können wir Menschen aber vorläufig noch nicht in einem fort vertragen, sodass es gut scheint, den harmlosen Spaß nicht zu heftig zu verdammen, wenn er bloß eine kleine Erholung sein will. Die Schildbürger sind in Utopia auch bloß eine kleine Erholung.«

»Aber Herr Kaiser«, rief da die ganze Literaturzentrale, »was verstehen Sie denn unter einer kleinen Erholung?«

Der Kaiser ärgerte sich über diese kühne Anrempelung und beschloss, sich dafür zu rächen.

Er ließ feierlich sagen:

»Eine kleine Erholung ist es zum Beispiel, wenn das Frühlingsfest in diesem Jahre ganz still ohne Festlichkeit gefeiert wird – und zwar so, dass jeder Utopianer drei Tage nicht seine Wohnung verlässt. Die Priesterschaft ist einverstanden.«

Da sagte die Literaturzentrale:

»Der Kaiser bekommt einen bösartigen Humor. Wir wollen zu den Schildbürgern liebenswürdig sein.«

Und man war's.

99. Philanders Testament

Am dritten Tage des Frühlingsfestes ließ der Kaiser Philander seine Priester kommen und sprach zu ihnen:

»Zur Erinnerung an dieses stille Frühlingsfest möchte ich einen geheimen Orden gründen – den Orden der Bartmänner! In ihn sollen die Oberpriester nur diejenigen Herren aufnehmen, die sich durch große diplomatische Geschicklichkeit auszeichnen – und diese Geschicklichkeit sollen sie dazu gebrauchen, die Schaffenden – als da sind: Erfinder, Dichter, Künstler, Gelehrte usw. – gelegentlich durch kleine Nadelstiche empfindlich zu reizen – damit mir die Gesellschaft nicht wieder schlapp wird. Ich vermache dem Orden neun Zehntel meines Vermögens; meine Frau ist damit einverstanden.«

Man war etwas verblüfft – aber die Sache wurde natürlich von Schamawi ganz ernstlich in die Wege geleitet.

»Hm«, sagte nachher der Kaiser, als er mit Schamawi allein war, »vor dreitausend Jahren, als die Kultur des wilden Westens noch dominierte, da brauchte man den Orden der Bartmänner damals noch nicht – da wurden dem Schaffenden ganz von selbst so viele Unannehmlichkeiten in den Weg geworfen, dass er für Anregung nicht weiter zu sorgen hatte. Aber heute geht's uns zu gut; die Gerechtigkeits- und die Bequemlichkeitsliebe sind bei uns so weit ausgebildet, dass der Natur die natürlichen Sporen fehlen – die müssen wir ersetzen; der Lebenstempel muss die Bartmänner ganz besonders raffiniert ausbilden.«

»Das werden wir schon besorgen!«, erklärte der Oberpriester Schamawi.

Da zog der Kaiser die Schnupftabakdose, die der Herr Citronenthal so genau beschrieben hatte, aus der Westentasche heraus und bot seinem Oheim, dem Oberpriester Schamawi, eine Prise Schnupftabak an und nahm selber ebenfalls etwas.

Da musste jeder der beiden Herren drei Mal niesen.

In ganz Utopia war es aber so still – wie in einer großen Kirche.

Der Kaiser lächelte.

Auch der schwarze See lag in der Tiefe ganz still.

»Wir wollen zu meiner Frau gehen!«, sagte der Kaiser.

Und sie gingen zur Frau Caecilie, während der Kaiser in Gedanken immer noch seine alte Schnupftabakdose in der linken Hand hielt.

Biographie

1863   *8. Januar:* Paul Carl Wilhelm Scheerbart wird als elftes Kind eines Zimmermanns in Danzig geboren.

Neun seiner zehn Geschwister sterben im Kindesalter.

Scheerbart weigert sich zeitlebens, Auskünfte über sich selbst zu geben. Er begründet dies mit dem Glauben an eine autonome Existenz der Seele, der Teil seiner kosmischen Weltanschauung ist.

1867   Tod der Mutter.

1868   Zweite Eheschließung des Vaters mit Emilia Möller.

1873   Tod des Vaters.

1876   Mit 13 Jahren beschließt er, Missionar zu werden und will deshalb Theologie studieren.

1879   *Oktober:* Scheerbart erhält Privatunterricht im Griechischen.

1880   Er tritt in die Untertertia des Gymnasiums ein.

1882   *Januar:* Scheerbart geht vom Gymnasium aus der Obertertia ab.

Oktober: Er reist mit Ernst Schultz nach Berlin, um sich auf das Abiturientenexamen für das Realgymnasium vorzubereiten.

1883   Einjähriger auf der besonderen Anstalt in Berlin.

Oktober: Er besucht die Oberprima auf dem Realgymnasium in St. Petri in Danzig (bis April 1884).

1884   *Juli:* Übersiedlung nach Leipzig. Vorbereitung auf das Examen in Sachsen.

1885   Scheerbart schreibt Kunstkritiken für verschiedene Zeitungen. Er hört in Leipzig, Halle, München und Wien philosophische und kunstgeschichtliche Vorlesungen.

1886   Scheerbart hält sich jeweils für längere Zeit in München, Wien und Königsberg auf.

1887   Aufenthalt in Danzig, anschließend Übersiedlung nach Berlin, wo er sich mit Religionsgeschichte befaßt.

Scheerbart wird freischaffender Schriftsteller.

1889   In seinem ersten Buch »Das Paradies, die Heimat der Kunst« stellt Scheerbart den herrschenden Kunstrichtungen des Naturalismus, Impressionismus und Symbolismus die Forderung nach einer phantastischen Kunst entgegen.

Seine Mutter schenkt ihm 1000 Mark, damit er sein Buch drucken lassen kann.

Gemeinsam mit Georg Posener ruft Scheerbart zur Gründung der »Einfachen Bühne« auf.

1890 Scheerbart arbeitet als Kunstkritiker beim »Berliner Tageblatt«.

1892 Scheerbart gründet gemeinsam mit Otto Erich Hartleben und Erich Mühsam den »Verlag deutscher Phantasten«.

April: Aufenthalt in Danzig, Redakteur beim »Danziger Kurier«.

Oktober: Scheerbart läßt sich wieder in Berlin nieder.

In den folgenden Jahren publiziert er in »Die Freie Bühne«, »Pan«, »Die Gesellschaft«, »Ver Sacrum«, »Die Jugend« und anderen Literatur- und Kunstzeitschriften, teilweise unter dem Pseudonym Kuno Küfer.

1893 Im eigenen »Verlag deutscher Phantasten« erscheinen »Ja … was … möchten wir nicht alles! Ein Wunderfabelbuch« (Fabeln) und »Das Paradies. Die Heimat der Kunst« (2. Auflage).

Er nimmt am Freitagstreff des Berliner Schriftsteller-Klubs teil, dem u.a. Heinrich und Julius Hart, John Henry Mackay, Hanns von Gumppenberg, Bruno Wille, Otto Erich Hartleben und Christian Morgenstern angehören.

1897 »Tarub, Bagdads berühmte Köchin« (Roman).

»Ich liebe dich. Ein Eisenbahnroman mit 66 Intermezzos«.

»Der Tod der Barmekiden« (Roman).

1900 »Rakkox, der Billionär und die wilde Jagd« (Roman).

13. September: Scheerbart heiratet die Postbeamtenwitwe Anna Sommer und übersiedelt mit ihr nach Breege auf Rügen.

Beginn des graphischen Werks. In den folgenden Jahren erscheinen seine Bücher mit eigenen Illustrationen.

1901 *Februar-Juni:* Scheerbart schreibt »Die große Revolution. Ein Mondroman«.

1902 Rückkehr von Breege, zeitweiliger Aufenthalt in Minden, anschließend Übersiedlung nach Berlin.

»Immer mutig! Phantastischer Nilpferdroman mit 83 merkwürdigen Geschichten«.

»Liwûna und Kaidôh« (Roman).

1903 Scheerbart will zusammen mit Erich Mühsam die Tageszeitung

»Das Vaterland« gründen. Der Plan wird jedoch aus konzeptionellen und technischen Gründen nicht realisiert.

Bedrückende finanzielle Lage.

1904 »Revolutionäre Theaterbibliothek« (6 Bände).

»Der Kaiser von Utopia« (Roman).

1905 Erste Aufführung eines seiner Stücke: »Kammerdiener Kneetschke« (unter der Leitung von Herwarth Walden).

1906 Philipp Spandow und Alfred Walter Heymel gründen einen Scheerbart-Fonds, aus dem er monatlich 20 Mark für die Miete erhält.

»Münchhausen und Clarissa« (Roman).

1907 Aufführung von fünf Stücken Scheerbarts im »Figaro«, einem Kabarett-Theater; dabei Debüt von Claire Waldoff in Berlin. Eine weitere Aufführung durch Claire Waldoff im Kabarett »Roland von Berlin« wird von der Zensurbehörde wegen der antimilitaristischen Tendenz der Stücke verboten.

1909 Der Band »Katerpoesie« (Gedichte) erscheint. Mit ihm begründet Ernst Rowohlt seinen ersten Verlag.

Mit der Flugschrift »Die Entwicklung des Luftmilitarismus und die Auflösung der europäischen Land-Heere, Festungen und Seeflotten« tritt der erklärte Pazifist Scheerbart dem Militarismus des deutschen Kaiserreichs entgegen.

1910 Scheerbart wird Mitarbeiter an Herwarth Waldens Zeitschrift »Der Sturm«.

»Das perpetum mobile, Geschichte einer Erfindung« (Abhandlung).

1911 In den Berliner Kammerspielen findet eine Matinée mit Scheerbarts Stücken »Isis« und »Der Direktor« statt.

1913 »Lesabéndio, ein Asteroidenroman«.

1914 »Glasarchitektur« (Abhandlung). Angeregt von diesem Buch gründet der Architekt Bruno Taut die Gruppierung »Die gläserne Kette« und widmet Scheerbart sein Glashaus (Pavillon der Glasindustrie) auf der Kölner Werkbundausstellung.

Freunde gründen erneut einen Fonds zur finanziellen Unterstützung von Scheerbart.

Nach dem Ausbruch des Weltkriegs nimmt Scheerbart kaum noch Nahrung zu sich.

1915   *15. Oktober:* Paul Scheerbart stirbt in Berlin an Gehirnschlag.